내 방의
작은 식물은
언제나
나보다 큽니다

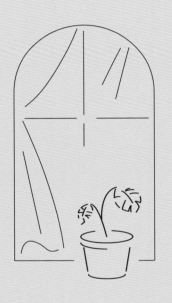

내 방의 작은 식물은
언제나 나보다 큽니다

김파카 쓰고 그리다

식물의 언어로 전하는
유연하고 단단한 일상

카멜북스

내가 무슨 생각하는지 어떻게 알았어?

말하지 않았는데 내 맘을 알아주는 감동이 또 어디에 있을까. 내가 만약 화분에서 나고 자란 식물이라면 나의 작은 몸짓만 보고도 내 맘을 알아주는 사람의 집에서 살고 싶을 것 같다. 식물 킬러였던 시절에는 이렇게 생각해 본 적이 없었다. 이건 식물을 잘 키우고 못 키우고를 결정짓는 중요한 단서 같다. 식물을 처음 키워 보는 우리는 실수를 반복한다. 그건 말하지 않는 식물의 마음을 도통 읽지 못하기 때문일 것이다.

식물은 키우는 게 아니라 같이 잘 지내는 것일지도 모른다. 어쩌면 말이 없는 친구와 잘 지내는 법을 배우는 것과 닮았다. 생각해 보면 식물이든 사람이든 동물이든 처음 만난 그들과 잘 지낼 수도 있고 아무리 노력해도 나와 안 맞을 수도 있다. 상대방을 내 마음대로 해석하면서 일방적으로 좋은 관계를 유지하려고 하면 어떤 사이든 삐걱거리기 마련이다. 편견 없이 적극적으로 관심을 가지고 바라보면서 원래 어떤 사람(식물)이었는지를 알아야 한다. 그리고 어떤 걸 좋아하는지, 기분 좋을 때는 어떤 모습인지, 힘들 때는 어떻게 표현하는지를 계속 관찰하다 보면 점점 알게 된다. 인내심이 필요하기도 하고, 서로의 패턴을 읽고 맞추는 시간이 필요한 일이기도 하다.

인생 첫 독립 후 식물을 키우기 시작했을 때 알게 되었다. 농장에서는 물만 줘도 잘 자라는 것 같던 식물들이 집에서는 어떤 모습을 보여 주는지. 그들이 우리 집에 적응하려고 애쓰는 몸짓을 보고 있자니 좁은 화분에 홀로 독립한 또 다른 나 같았다. 그렇게 우리는 5년째 같이 살고 있다. 누군가 식물과 오랜 관계를 유지하는 방법이 뭐냐고 묻는다면 나는 인간관계와 비슷한 거라고 말하고 싶다. 고정관념 없이 이해하고 있는 그대로의 모습을 바라보고자 노력하면 어떤 식물과도 잘 지낼 수 있다. 내가 아닌 누군가와 잘 지낼 수 있는 아주 느리지만 아주 확실한 방법이다.

식물 킬러를 뗀 지 얼마 되지 않은 나라서 할 수 있는 이야기를 이 책에 담았다. 다 읽고 나서 왠지 모르게 식물과 잘 지낼 수 있을 것 같은 자신감이 생기고, 조금은 식물의 마음을 알 것 같고, 익숙한 관계도 새롭게 바라보고 싶은 마음이 들었으면 좋겠다.

반려 식물 소개

우리 집에서 나와 함께 자라고 있는 식물들. 내가 식물 킬러였던 시절에 진작 떠난 식물도 있고, 5년째 같이 살고 있는 식물도 있다. 여러 식물들과 함께 지내다 보면 그들 각각의 습성이나 성격이 보인다.

식물을 처음 키우는 사람이나 잘 모르는 사람에게 좀 더 친근하게 말을 걸고 싶었다. 식물과 친해지고 그들이 뭐라고 말하는지 들을 수 있는 사이가 되면 이보다 더 좋은 인생의 친구이자 조언자가 또 있을까 싶다.

CEREUS PERUVIANUS
귀면각 선인장

우리 집에 온 지 2년 5개월째. 까다로운
편이나 싫은 티를 전혀 내지 않는다. 한번
친해지면 표현을 적극적으로 한다.

CHALATHEA ORNATA
GINGER 칼라데아 진저

1년 5개월 차에 떠남. 전형적인 아침형 식
물. 저녁형 인간을 만나 삶이 송두리째 흔
들렸다.

SPATHIPHYLLUM WALLISII
스파티 필름

2년 3개월 차에 떠남. 수더분한 성격으로
어딜 가나 적응을 잘한다. 바깥세상을 관
찰하는 게 취미다.

PILEA PEPEROMIOIDES
필레아 페페로미오이데스

2년 6개월째 함께 지내는 중. 혼자 와서 화분 2개를 더 만들어 냈다. 조용히 모든 것을 잘 해내는 타고난 일꾼. 독립적인 편이다.

MAMMILLARIA PLUMOSA
백성선인장

같이 산 지 2년 2개월 차. 속을 알 수 없는 듯했으나 알고 보니 진득하고 신중한 편이다. 하얗고 덤덤한 모습과 달리 깜찍한 꽃을 품고 사는 반전 매력의 소유자.

NEPHROLEPIS CORDIFOLIA DUFFII
더피고사리

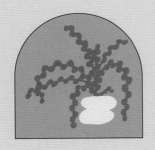

8개월 차에 떠남. 식물 킬러 시절의 어리석은 인간을 보듬어 줄 만큼 너그러운 편이다. 시간의 비밀을 잘 알고 있다. 리듬의 귀재.

IMPATIENS BALSAMINA
봉선화 씨앗

10개월 차에 떠남. 조그마한 씨앗 시절부터 꽃을 피우기까지 10개월이 채 걸리지 않은, 빠른 효율을 추구하는 성과주의자. 어떻게든 꽃을 피우고야 말겠다는 의지의 씨앗.

ALOE ARBORESCENS
미니 알로에

이 집에서 가장 오래된 터줏대감. 같이 산 지 5년째. 희귀하고 까다로운 식물로 태어나면 어떤 삶을 살지 늘 궁금해하지만 작은 화분 안에서도 "나는 다르다."는 한 줄기 희망을 놓지 않는 아웃사이더.

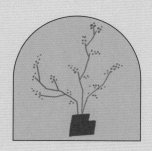

SOPHORA PROSTRATA
마오리 소포라

1개월 차에 떠남. 건조함을 가장 무서워한다. 앙증맞은 잎과 마른 가지를 가진 가녀린 몸매의 소유자. 까다롭고 예민하다. 결국 수분 부족으로 말라죽었다.

TILLANDSIA XEROGRAPHICA
틸란드시아 세로그라피카

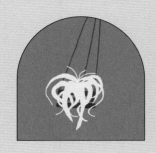

3년째 함께 지내는 중. 동거 조건이 까다
롭지만 의외로 잘 적응하는 편이다. 속마
음을 알 수 없는 몽상가. 희귀하고 아름다
워서 틸란드시아의 여왕이라고도 불린다.

MONSTERA DELICIOSA
몬스테라 델리시오사

같이 산 지 1년 2개월 차. 인기가 많아 식
물계의 유명 인사. 큼직하게 찢어진 잎이
만드는 멋진 아우라로 어딜 가나 압도적인
존재감을 보인다. 유명 인사답게 활동기와
휴식기가 분명하다.

RHIPSALIS CEREUSCULA
산호선인장

같이 산 지 7개월 차. 한 가지에 집중을 하
면 다른 건 못 하는 탐구자. 극한의 상황
에서 리더십을 발휘하는 편이다.

PHILODENDRON
SELLOUM 호프셀렘

같이 산 지 3년 차. 지혜롭고 긍정적이어
서 불안한 현실에서도 균형을 잘 잡는다.
어떻게 살아야 할지 잘 알고 있는 듯하다.

Contents

Part.3　집 안에서 멋지게 식물 키우는 법

: 식물과 같이 사는 삶, 그들에게 배우는 함께 사는 것의 의미

Part.4　이번 생은 화분에 담긴 인생이라

: 화분 속 나의 인생, 그들을 닮고 싶은 나의 이야기

Green mind, green days

Part.5　모든 것은 식물 덕분입니다

: 식물의 태도를 배우면 인생에 도움이 된다

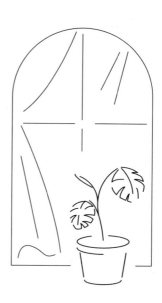

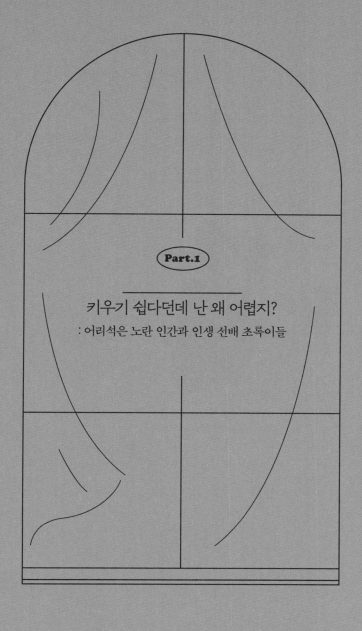

Part.1

키우기 쉽다던데 난 왜 어렵지?

: 어리석은 노란 인간과 인생 선배 초록이들

독립적인 삶을 살고 싶어

너무 가깝지도 너무 멀지도 않은 관계가 좋다. 너무 가까이 있으면 잘 안 보이고, 너무 멀리 있어도 잘 안 보인다. 나에게 부모님은 너무 가까워서 힘들었고, 연애는 거리를 좁히기 힘들어서 어려웠다. 모든 관계가 '친구' 정도로 좋겠다고 생각하는데, 친구는 언제든지 만날 수도 있고 못 만날 수도 있기 때문이다. 또 언제든 멀어질 수도 있다. 그래서 관계를 유지하기 위한 약간의 노력은 필수고 배려다. 시간이 흐를수록 세상을 바라보는 시야가 넓어지면서 관계도 변하는 것을 느낀다. 10대에 달랐고 20대가 또 달랐으며 30대에는 더 많이 달라졌다. 앞으로 우리는 얼마나 더 많이 변하게 될까. 프랑스 철학자 미셸 푸코는 이런 말을 남겼다. "내가 누구인지 묻지 말고 그곳에 머물러 있으라고 요구하지도 말라." 그의 말대로 우리는 계속 변하고 있다. 자연이 변화하는 환경에 적응하며 살아가듯 우리도 시시때때로 바뀌는 세상에 적응하며 사느라 바쁘다. 변화하면서 맞춰 가는 과정은 바쁘고 힘들지만 꼭 해야 하는 일이다.

타인과 적당한 거리를 두기 위해 내가 선택한 방법은 '남한테 신경 끄고 나한테 관심 갖기'였다. 내가 당신에게 이래라 저래라 관심을 주지 않는 만큼 나한테도 관심을 꺼 주었으면 좋겠다고 생각했다. 잘 알지도 못하면서 겉모습만 보고 판단하는 건 일상에서 너무나 많이 저지르는 실수다. 예전의 나 또한 나쁜 관심, 오지랖을 부린 적이 있다. "이 사람 괜찮은 사람일까?" 고민을 털어놓는 친구에게 잘 알지도 못하면서 몇 가지 단서만 가지고 좋다, 안 좋다를 이야기하기도 했다. 애초부터 질문이 잘못되었다는 것을 뒤늦게 깨달았다. 내가 뭐라고 한 번도 본 적 없는 사람을 좋아 보인다거나, 나쁜 것 같다고 말할 수 있을까. 솔직하게 말해 준답시고 전한 부정적인 말은 그 누구에게도 도움이 되지 않았다. 그 이후로 다시는 그런 식으로 행동하지 않겠다고 확실하게 머릿속에 적어놓았다. 이제 나와 내 친구들은 서로가 누구를 만나든, 뭘 하면서 살든 괜한 관심은 갖지 않는다. 결정도 책임도 스스로 감당해야 한다는 것을 알게 된 순간부터.

독립적인 삶을 살고 싶다고 늘 생각했다. 혼자 살면 가능할 것 같았다. 내가 나를 책임지고 사는 삶도 버거운데, 어느 날 같이 살고 싶은 사람이 생겼다. 마음이 바뀌었다고 해서 인생 목표까지 바꿀 순 없으니 우리는 같이 살면서도 독립적으로 사는 방법에 대해 자주 고민하고 오래도록 이야기했다. 힌트는 예상치 못한 가까운 곳에서 얻었다. 이미 식물들은 그렇게 살고 있었던 것이다. 식물 킬러 시절을 지나 식물과 사계절을 두 번 정도 함께했을 때까지도 그 사실을 몰랐다. 내가 잘 키우는 것이라고만 생각했는데 사실은 알아서 잘 크는 것이었다. 원래 식물이 최고로 좋아하는 짝은 자연이다. 오직 나의 짝사랑을 이유만으로 내가 좋아하는 화분에 심고 내 옆에 두었으니 '키운다는 것'을 다시 말하면 새로운 관계를 맺기 위해 노력하는 일과 비슷하다. 나와 다른 누군가와 같이 잘 지내기 위해서는 노력이 필요하다. 서로가 잘 자라도록 돕는 것이다.

사람들에게는 저마다 눈에 보이지 않는 작은 마당이 있는 것 같다. 아무리 좁아도 3개 이상의 화분을 둘 자리가 있고, 그 화분에는 각각 다른 씨앗이 심어져 있다. 부모님이 심은 것, 친구들이 심은 것, 스승 또는 롤모델이 심은 것, 꿈이나 일이 심은 것, 연인이 심은 것, 그 연인의 부모님이 심은 것 등. 얼마큼의 관계를 맺느냐에 따라 더 많아질 수도 있고 적어질 수도 있다. 단, 규칙이 있는데 싹을 틔우게 하는 것은 혼자 힘으로는 안 된다는 것이다. 나에게 없는 바람, 빛, 물, 흙이 필요하다. 나와 관계를 맺는 상대만이 가져다줄 수 있다. 물을 너무 많이 줘서 썩어 버릴 수도 있고, 방치하다가 말라 죽을 수도 있다. 내 마음의 화분에 상대와 함께 심은 씨앗이 싹을 틔우면 이제부터 진짜 관계가 시작된다. 나와 잘 맞고 서로를 아끼는 그런 관계, 그런 존재가 5명만 있어도 살아가는 데 큰 힘이 되고 의미가 된다는 말이 있다. 그것은 피를 나눈 가족만이 가능한 것도 아니고 반려동물이 될 수도 있

다. 뭐가 되었든 서로의 화분을 잘 키우기 위한 핵심은 이것
이다.

첫째, 무슨 씨앗인지 잘 아는 것.
둘째, 싹을 틔우기까지 세심한 노력이 필요하다는 것.
셋째, 그 이후엔 스스로 자라도록 지켜봐 주는 것.
넷째, 다른 이도 화분을 잘 키울 수 있도록 그 마음을 전수
하는 것.

독립적인 삶을 살고 싶어

화분 밖 세상이 궁금해

나의 주 거래처인 다육식물 농장에 가면 비닐하우스가 2개 동으로 나뉘어 있다. 하나는 외부 사람들을 맞이할 수 있는 곳이고 다른 하나는 주인아저씨가 초대하지 않으면 들어갈 수 없는 곳이다. 두 곳은 실내 온도부터가 다르다. 병원으로 치면 앞 동은 만남의 광장이다. 외부와의 온도 차이가 크게 느껴지지 않는다. 크고 작은 식물들이 건강하고 예쁜 모습으로 줄지어 팔릴 준비를 하고 있다. 뒷동은 인큐베이터다. 확연히 따뜻하고 작은 식물들로 꽉 차 있다. 이 인큐베이터에서 아기 식물들이 꼬물꼬물 뿌리를 내리고 나면 7cm 지름의 검정색 포트(우리가 꽃시장에서 볼 수 있는 천 원 단위의 식물들)에 옮겨진다. 여기서 짧게는 3~4달, 길게는 1년 이상을 자라고 나면 따뜻한 온실을 졸업한다.

식물 농장에서는 이렇게 식물들이 자란다. 따뜻한 인큐베이터를 거쳐 앞 동으로 자리를 옮기면 판매가 이루어질 다음 장소로 이동하게 된다. 엄청 나이 많은 오래된 식물들도 있는데 그들은 땅에서 키운다. 검정색 포트에 있는 것과 같은 종인지 믿기지 않을 정도로 엄청난 크기를 자랑한다. 그걸 보고 있으면 화분 사이즈에 따라 식물의 크기도 달라진다는 말을 실감하게 된다. 예전에 그 말을 듣고 '바위솔'이라는 조그만 식물을 큰 화분에 심은 적이 있었는데 중요한 사실을 알게 되었다. 화분 사이즈를 조금씩 늘려야 한다는 것. 바위솔은 번식력이 아주 왕성한 다육식물이다. 마치 가로로 누운 대관람차처럼 360도를 삥- 둘러 아기 바위솔을 만드는데 순식간에 화분이 꽉 차기 때문에 크고 넉넉한 화분이어도 괜찮겠지, 라고 생각했다. 누가 봐도 7살짜리 아이가 아빠 옷을 입은 것 같은 모습으로 자기 몸집보다 3~4배 이상 큰 화분에 심었더니 오히려 잘 자라지 못했다. 서두르지 말고 조금씩 단계를 밟아 나가며 화분의 크기를 키워야 했던 것이다. 검정색 포트(7㎝)에서 주황색 포트(10㎝)로 옮겨 주듯이.

아주 넓은 야생의 땅에서 자랄 수도 있고, 몸에 꼭 맞는 화분에서 자랄 수도 있는데 이 둘 중에 어떤 삶을 살고 싶냐고 묻는다면 사람들은 어떤 쪽을 선택할까? 둘 다 장단점이 확실해서 어느 것이 더 낫다고 판단하기는 어렵다. 그러다 문득 식물이 이 문제를 고민한다면 뭐라고 답할지 생각해 보았다. 아, 그들은 이런 고민은 하지 않겠지, 스스로를 환경에 적응시키니 말이다. 식물은 환경을 선택하거나 바꿀 수 없는 대신 유연함을 갖고 있다. 그렇다면 나도 넓은 세상에서 자랄지, 내게 꼭 맞는 세상에서 자랄지 골똘히 고민할 필요 없이 식물의 방법대로 살아 봐야겠다. 그것이야말로 어떻게 살아야 할지 고민을 받아들이는 방법이고 우리가 배워야 할 태도일지 모른다.

"사실 난 화분 밖 세상도 궁금해,
좀더 크게 자라고 싶거든"

키우기 쉽다던데 난 왜 어렵지

회사 신입 시절엔 보통 막내라는 이유로 한 번도 제대로 배운 적 없던 새로운 업무를 맡게 될 확률이 높다. 화분에 물 주기 담당. 딱히 어려운 건 아니지만 그렇다고 쉽지도 않다. 엄청 잘할 필요도 없고 그저 우리가 할 수 있는 일은 딱 한 가지. 일주일에 한 번씩 물을 주는 것. 그런데 이상하게 내 손만 닿으면 다 망가지고 고장 나고 죽는다. 역시 난 마이너스의 손인 걸까.

한창 화장품 브랜드들이 자연주의를 앞세워 매장을 식물원으로 만들던 시절이 있었다. 나도 그때 몇 번째 버전인지 모를 매장 매뉴얼을 디자인하는 프로젝트에 참여했었다. 자연주의 콘셉트인데 가짜 식물을 둘 수는 없는 일이었다. 식물 쪽은 네가 맡아서 챙기라는 상사의 말과 함께 나는 직감했다. 이 식물들이 금방 죽어 버리면 나도 죽는다는 것을. 식물에 대해 아무것도 모르던 내가 업체 미팅에 들어가서 할 수 있는 말은 몇 가지 없었다. "얘네 진짜로 잘 자라요? 햇빛 하나도 없는데 괜찮아요?" 나는 두 가지 임무를 맡길 책임감 있는 식물을 고르고 골랐다. 첫 번째, 햇빛이 없는 실내 공간에서도 자연스러운 초록빛을 유지할 것. 두 번째, 키우기 쉽고 금방 시들지 않을 것. 막중한 임무를 감당할 수 있는 식물들은 비슷비슷했고, 몇 종류 없었다.

회의실에는 샘플로 가져온 식물들 중 선택받은 네다섯 가지만이 덩그러니 남아 있었다. 매장에 설치된 식물들은 자동 급수 시스템으로 스마트라이프를 살게 되었지만, 나에게 남겨진 샘플 식물들은 아날로그라이프를 맞이했다. 물은 일주일에 한 번만 주면 된다는 가이드에 따라 나는 성실한 직장인처럼 월요일 아침마다 꼬박꼬박 물을 주고 보살폈다. 키우기 쉽다던 말처럼 그들은 꽤나 오래 버텼다. 그러나 여름에서 겨울로 계절이 바뀌던 어느 날, 월요병을 이기지 못한 나를 보는 듯 하나둘씩 시들기 시작했다. 그들과 소통 없이 일방적인 규칙으로 물을 줬던 것이 원인이었음은 나중에야 알게 되었다. 물은 필요할 때 줘야 하는데 내가 그걸 어떻게 알 수 있단 말인가. 하지만 더 신기한 일은 그다음에 일어났다. 죽은 줄 알았던 화분에서 물도 안 줬는데 새싹이 나온 것이다. 인생이란, 정말 알 수가 없다.

생각해 보면 화장도 여러 번 해 봐야 나에게 잘 어울리는 게 뭔지 알게 되고, 요리도 쉬운 것부터 하나씩 시도해 봐야 감이 생기는 법이다. 식물 키우기도 마찬가지다. 다만 식물에 있어서는 '역시 난 안 돼, 식물은 나랑 잘 안 맞아.'라며 쉽게 내려놓는 경향이 좀 더 있는 것 같다. 식물 키우는 일이 일상에 없어도 그만이고, 그다지 중요하지 않다는 생각 때문인 것 같은데 사실은 그렇지 않다. 우리는 빠르게 속도를 내는 일에는 유능하지만, 속도를 늦추는 데는 무능하다. '잘 쉬는 법'을 아는 사람이 몇이나 될까. 심지어 쉬는 것마저도 계획적으로 알차게 보내려고 한다. 식물들의 삶을 옆에서 지켜보다 보면 어느새 인생의 속도와 리듬을 어떻게 다루면 좋을지 알게 된다. 식물마다 각자 다른 리듬을 갖고 있다. 우연찮게 나와 잘 맞는 식물을 만나게 된다면 그보다 더 좋은 인생 선배는 찾을 수 없을 것이다. 처음부터 잘 키우는 사람은 없다. 식물 킬러 시절은 꼭 겪어야 할 과정이고 나만의 식물 책에 수많은 실패를 기록하다 보면 분명 어딘가 쓸모 있는 날이 온다.

식물은 네가 맡아서 챙기라는 상사의
말과 함께 나는 직감했다.
이 식물들이 금방 죽어 버리면 나도 죽는다는 것을

식물을 사고파는 일

나의 첫 독립은 겨울이었다. 차가운 바닥에 정리되지 않은 짐들이 삼각형 집에 쌓여 있었다. 건물의 귀퉁이에 위치해 모양이 삼각형이었다. 그 이유로 다른 직사각형의 집보다 월세가 조금 더 저렴했는데, 삼각형 모양 자체가 나에겐 더 좋았다. 실내 디자이너였던 경력을 살려 7평의 공간을 효율적으로 쓰기 위해 이 집에 적용할 수 있는 세 가지 규칙을 정했다. 우선 첫 번째, 작은 집에는 물건이 적어야 넓어 보인다. 두 번째, 키가 높은 가구보다 시선을 밑에 두는 낮은 가구들이 층고를 높아 보이게 한다. 그리고 세 번째, 가장 좋은 인테리어 팁은 채우는 것보다 비우는 것이다. 특히 공간의 모서리를 비워 놓기가 얼마나 어려운지, 자꾸만 채우고 싶어진다. 잡지나 사진 속 멋진 공간은 모서리를 비워 놓을 줄 아는 사람의 집인 게 틀림없다.

물건으로 꽉 채워진 집에서 살고 싶지 않다면 구매를 신중히 해야 한다. 토스터기 하나를 골라도 정말 빵을 자주 먹는지, 그렇다면 어떤 빵을 좋아하는지, 내 공간엔 어떤 컬러가 튀지 않고 잘 어울릴지 꼼꼼하게 따져 봐야 하니까 말이다. 나는 우리 집의 빈 공간을 식물로 채우기로 했다. 살아 있는 생명과 함께 지내는 느낌은 가구나 전자기기가 주는 것보다 훨씬 좋기 때문이다. 집에 들이고 싶은 식물들의 사진을 수집하고, 그 식물들의 이름을 검색해 보니 먼저 키우고 있는 식물 선배님들의 관리법을 미리 들을 수 있었다. 햇빛을 많이 좋아하면 북향인 우리 집에서는 너무 힘들 테니 제외하고, 화원에서 잘 팔지 않는 비싸고 희귀한 종류도 제외했다. 몸집이 있고 존재감이 있는 크기의 식물 두 가지와 작고 귀여운 식물들 세 가지를 고르니, 함께 살고 싶은 마음이 드는 리스트에 딱 다섯 가지가 남았다. 이번엔 온라인으로 주문하기로 했다. 집 근처에 꽃집이 없기도 했고, 나도 작은 식물들을 파는 입장에서 다른 곳은 식물 포장을 어떻게 하는지 궁금했기 때문이다.

그런데 주문하고도 일주일이 넘게 배송이 오지 않았다. 오늘 주문하면 내일 도착하는 시대에 일주일이 넘도록 오지 않다니, 그리고 왜 배송이 지연되는지, 언제 출발하는지 연락조차 없었다. 결국 먼저 연락을 했고 돌아온 답변은 '추위서'였다. 날씨가 풀릴 때까지 기다린다는 것이다. '미리 공지라도 해 줬으면 참 좋았을 텐데.'라고 생각하면서도 덕분에 나는 이날의 교훈을 배송 업무에 잘 써먹고 있다. 식물 프로젝트 초창기엔 비수기인 겨울에 이벤트를 하는 무식한 용감함도 있었다. 결국 식물들이 냉해를 입었던 비극적인 사건이었다. 한두 겹의 에어캡으로는 감당하지 못했던 추위였다. 그 이후로 영하로 떨어지는 맹추위엔 배송을 하지 않고, 겨울엔 거의 매일매일 날씨를 체크한다. 어떤 날은 예상치 못하게 갑자기 영하로 떨어지는 날도 있었다. 그런 날에는 전날 받은 주문을 해결하기 위해 직접 배송하기도 했다. 꼬박 하루가 걸렸다. 주문받은 지역이 충청도권 이상으로 넘어가지 않아서 다행이었다. 빌라, 아파트마다 보안 시스템이 다 달라 택배 박스를 안고 경비실, 엘리베이터 앞, 무인 택배함을 이리저리 돌아다녔다. 문 앞에 놓고 가라는 배송 메모가 없는 주소에 배달할 때는 심장이 쿵쾅거렸다. 남의 집 초인종을 누르는 일은 초등학교 이후로 처음이었다. 문을 열면 뭐라고 말하지, 택배 기사인 척 자연스럽게 넘어갈까, 내가 직접 왔다고 너스레를 떨며 소중한 고객님과 수다를 떨어 볼까, 했지만 문이 열리면 기어들어가는 목소리로 "여기요……." 하고 억지 미소를 날린 후 후다닥 도망쳤다. 식물과 배송에 대해 많은 생각을 한 날이었다.

날씨가 조금 풀려 내가 주문한 식물들이 도착했다. 에어캡과 신문지로 꽁꽁 싸인 큰 박스가 집 앞에 놓여 있었다. 추울까 걱정하며 꼼꼼하게 포장된 손길을 보니 어떤 마음으로 포장을 했을지 그 마음이 이해됐다. 그것을 보고 있자니 문득 식물을 판매하는 도소매 거래처 사람들의 첫인상이 생각났다. 식물을 닮은 미소가 있다. 무척 순수한 것도 아니고 완전히 삶에 찌든 것도 아니지만 어딘가 모를 방긋함이 느껴지는 미소였다. 내가 느낀 그들의 공통점은 일을 할 때도 웃을 줄 아는 것이었다. 특히 농장을 직접 운영하는 사람들은 몸은 고되어도 얼굴엔 웃어서 생긴 예쁜 주름이 있다. 왠지 성격도 키우는 식물들을 닮은 것 같고. 그들의 일하는 모습도 키우는 식물의 리듬과도 많이 닮아 있었는데, 자주 가는 다육식물 농장을 옆에서 지켜보면서 알게 되었다. 번식한 식물을 새로운 포트에 옮겨 심는 일, 분리된 아기 다육식물이 뿌리가 날 때까지 기다리는 일, 더 풍성하게 자라도록 줄기를 다듬는 일, 잘라 낸 줄기에서 새잎이 나오길 기다리는 일, 적절한 흙으로 배합하는 일까지, 모든 스케줄은 식물의 리듬에 따라간다. 식물이 자라는 속도와 순서에 맞춰 업무가 정해지는 것이다. 식물 파는 일은 어렵지만 웃음이 나는 일 같다. 작은 존재만으로도 기분이 좋아지는 커다란 매력이 있다.

함께 살기 위한 준비

긴 기다림 끝에 식물들이 도착했다. 초록 초록한 생명체와 함께 사는 일을 준비하기 위해 나는 창가 자리를 비워 두었고, 부족한 빛에 도움이 될까 싶어 식물용 전구도 구매했다. 누군가와 함께 살기 위해 준비하는 마음이 이런 걸까? 우리 집이 맘에 들지 않으면 식물들은 가차없이 날 떠날 것이다. 지난날을 돌아보면 그들이 날 떠났던 이유를 알게 된다. 내가 너무 집착했거나 너무 무심했거나 둘 중 하나였다. 그래서 이번에는 새로운 전략을 짰다. '너를 관찰하기' 방법으로 다가가기로 했다. 먼저, 내가 선택한 식물의 이름이 무엇인지, 어디에서 왔는지, 어떤 환경을 좋아하는지, 특징은 뭔지를 파악했다. 그리고 우리 집에서 가장 볕이 잘 드는 곳에 모셨다. 낯선 환경에 스트레스 받지 않고 잘 적응할 수 있도록. 사진을 한 장씩 찍어 주었고, 아침마다 출근 준비를 하는 동안 환기를 시켰다. 며칠 뒤 스파티 필름의 굵은 잎 한 장이 노란색으로 변했는데, 물보단 햇빛이 더 좋은 처방인 것 같아 조금 더 기다렸다. 닷새쯤 지났을까. 매일 조금씩 관찰했던 잎들이 살짝 힘이 없어 보이는 것을 발견했다. 화장실로 데려가 샤워기 수압을 약하게 조절한 다음 천천히 여러 번 물을 줬다. 10분 후 스파티 필름은 줄기가 탱탱해졌고, 필레아 페페로미오이데스도 다음 날 보니 줄기가 힘 있게 위로 뻗어 있었다. 변화가 없는 식물도 있었다. 겨울이라 선인장은 물 주기를 패스했고, 몬스테라 델리시오사는 별다른 변화가 없었지만 왠지 힘이 없어 보여 물을 줬다. 특히 칼라데아 진저는 밤낮의 모습이 달랐는데(밤에는 오므리고, 낮에는 활짝 핀다) 움직임이 많아서인지 물을 주고 안 주고의 차이를 알아차리기 너무 어려웠다.

'너를 관찰하기' 방법은 꽤 쓸모 있었다. 인간관계에서도 나를 있는 그대로 봐주는 사람은 은근히 많지 않아서 무척 소중하다. 세상에 다양한 인간이 있듯 식물도 다양한데, 한 가지 방향으로만 대할 때 문제가 생기는 것 같다. 비슷비슷한 것 같은데 적응하는 모습이 다 달랐다. 환경에 따라 다르고, 소통하는 사람에 따라 달라진다. 이렇게 식물을 관찰하다 보면 인생의 진리를 깨달을 때가 종종 있다. 그리고 그들의 방향은 옳고 유용했다. 딱 하나만 제외하고. 그건 바로 '많을수록 좋다'는 그들의 생존전략이다. 공격에 대비해 엄청난 양으로 번식하며 개체수를 늘린다.

'왜 나이가 들면 결혼해야 할까. 우리는 왜 가족을 만드는 걸까. 혼자 사는 건 뭐고, 함께 사는 건 뭘까.'는 항상 궁금한 주제였다. 그런데 식물들은 대가족을 꿈꾸며 살아간다. 모든 걸 막론하고 방법은 각기 다를지라도 결국은 씨앗을 남겨 새

싹이 나오게 하는 것을 인생의 큰 방향으로 삼는다. 누가 그렇게 하라고 시킨 것도 아닌데 자연스럽게 그렇게 한다. 만약 식물이 인간이라면 나처럼 방향을 다른 쪽으로 바꾸려고도 할까? 식물도 생각할 줄 아는 존재가 된다면 '나는 왜 사는가. 내 인생에는 무슨 의미가 있는가.'를 고민할 것이다. 살아갈 이유를 찾지 못한다면 하루하루가 무척이나 힘들 테니 말이다. 하지만 식물도 자살한다고 한다. 잘 살 수 있는 환경이 아니라고 판단되면 예정된 시간보다 더 빨리 꽃을 피워내어 마지막 번식 기회에 몸을 던지는 것이다.

식물의 인생을 지탱하는 것은 물과 바람 그리고 흙이다. 그렇다면 나의 인생을 지탱하는 세 가지는 무엇일까? 혼자만의 시간, 내가 만들어 내는 작업들 그리고 서로를 아끼는 사람들이지 않을까 싶다. 혼자만의 시간은 장소가 어디가 되었든 꼭 필요하고, 글을 쓰고 그림을 그리는 작업은 내가 만들어 내는 즐거움의 씨앗이기 때문에 소중하다. 초록 식물들이 존재만으로도 기분을 좋게 만드는 능력이 있듯, 존재하는 것만으로 서로를 아껴 주는 사람이 곁에 있다면 얼마나 좋을까. 가족의 일반적인 정의가 아닌 새로운 해석을 적용한 가족이 더 많아진다면 함께 사는 세상이 좀 더 매력적으로 느껴질 것 같다. 매거진 킨포크 Vol.17을 읽다 수집한 문장이 있는데 그것이 내 마음을 조금씩 바꿔놓는다.

"가족이란 서로를 아끼는 사람들의 모임이다. 타고날 수도 있고, 손수 만들어 갈 수도 있다. 어디에 사는지, 어떤 관계인지는 중요치 않다. 진정한 가족의 가치는 서로를 대하는 태도에 있다."

나도 이렇게 가족을 대하는 근사한 구성원이 되고 싶다고 생각한다.

2년 만기 분갈이

분갈이의 흑역사는 4년 전, 친구에게 선물 받은 더피고사리 화분에서 시작한다. 그때는 정말 식물에 대해 아무것도 모르던 시절이었는데 갖고 싶은 생일선물 리스트에 처음으로 '화분'이라는 걸 적어 놓던 때였다. 사무실 책상 위에 초록 생명체가 있으면 어쩐지 마음에 여유가 생길 것 같고, 반복되는 야근에 찌든 나에게 건강한 일상을 챙기게 할 것 같았다. 더피고사리는 공룡시대부터 지금까지 생존하고 있는 고사리과라 그런지 '어? 나 소질 있나 봐!'라고 착각할 정도로 날마다 쑥쑥 자랐다. 집보다 사무실에 있는 시간이 많던 날들이었는데 더피고사리의 빽빽한 머리숱은 나의 건조해진 숱 없는 마음을 움직였다. '너는 야근시키지 말아야겠어.'라고 혼자 감정이입을 하며 집으로 데려가기로 결심한 후 근처 꽃집에 들렀다. 이제는 화분이 작아 보일 정도라 분갈이는 해야겠고 직접 하기는 자신이 없어 분갈이 시술을 맡기러 들른 것이다. 그때 나에게 분갈이는 아무나 할 수 없는 어려운 일이었다. 무면허로 시술한 식물 킬러가 되지 않기 위해서 식물 전문의를 만나러 갔다고나 할까.

이렇게 화분이 좁아 보일 만큼 번식을 많이 한 식물을 보고 있으면, 부모님의 화분에 끼어 사는 예전 나의 모습과 닮았다는 생각이 든다. 각자 자기만의 세계가 커진 구성원들이 같은 화분에서 잘 지내기란 쉬운 일은 아니다. 어쨌든 이 시기가 되면 분갈이를 해야 한다. 방법은 두 가지다. 더 큰 화분에 함께 옮겨 안전하고 튼튼하게 살거나 새로운 화분에 따로 독립해 고군분투하며 살 수도 있다. 나는 서른이 넘어 독립했으니 부모님의 뿌리 덕을 많이 본 것이나 다름없다. 내 뿌리가 단단해질 때까지 가족의 화분에서 지내다가 독립을 하기로 결심했을 때 비로소 내 취향에 맞는 화분에 스스로 심어진 것 같은 기분이 들었다. 그런 의미에서 분갈이를 한다는 것은 어떤 변화의 시작이자 용기가 아닐까 생각한다. 어쩌면 잠자는 식물의 뿌리를 건드리는 것과도 같다. 안주할 수도 있지만 약간의 스트레스는 성장에 도움이 되기도 한다는 것은 사실이다.

분갈이에서 중요한 것은 뿌리에서부터 타고난 기질을 알고 그 특성에 맞는 흙을 배합하는 것으로 쉽게 말해 '물을 얼마나 좋아하는지' 알아야 한다. 성장 속도가 빠르고 뭐든 잘 소화시키는 타입은 물을 자주 마시는 걸 좋아하고, 성장 속도가 느리며 천천히 소화시키는 타입은 물을 가끔 마시는 걸 좋아한다. 물을 자주 필요로 하는 타입은 건조한 것을 못 참기 때문에 수분을 오랫동안 머금고 있는 고운 흙(배양토, 피트모스 등)을 더 많이 넣어 주면 좋고, 물을 가끔 필요로

하는 타입은 수분이 빨리 마르도록 굵은 모래(마사토, 펄라이트 등) 비율을 높이면 좋다.

분갈이를 잘했다는 건 새로운 환경에 잘 적응하게 만들었다는 것이 아닐까. 뿌리 특성에 맞는 흙으로 채워 주는 일이자 이 화분에서 얼마 동안 얼마큼 뿌리를 내릴 것인지 생각해서 사이즈를 고르는 일이다. 어떻게 보면 우리의 인생과 무척이나 닮았다. 적절한 시기에 용기를 낸 덕분에 더 크게 자랄 기회를 얻는 모습, 떠날 타이밍을 놓쳐 오래되고 좁은 화분의 영양가 없는 환경 속에서 무기력해지는 모습, 어울리지 않는 화분에 심어져 에너지를 너무 많이 빼앗기는 모습이 그렇다. 독립을 하고, 새로운 곳으로 이사하고, 회사를 옮기고, 변화에 적응하는 데는 용기 있는 선택이 필요하니까. 독립한 첫 집에서의 시간이 벌써 2년이 흘렀다. 2년 만기 계약을 채우고 새로운 집으로 이사하게 되는 타이밍에서 분갈이를 떠올리며 글을 쓰고 있으니 묘한 기분이 든다. 남의 화분에 빌려 살면서 분갈이를 논하다니 참 웃기다고 생각하면서도 나를 잘 돌볼 수 있는 화분을 찾아 열심히 검색하는 인생이란.

분갈이를 한다는 것은 어떤 변화의 시작이자
용기가 아닐까 생각한다.
어쩌면 잠자는 식물의 뿌리를 건드리는 것과도 같다.

"
이제는 화분이
나의 집이라네
"

귀면각 선인장
Cereus Peruvianus

태어날 때부터 농장에서 자란 아기 식물들은 그동안 잘 보살펴 준 주인아저씨에게 인사를 하고 떠날 준비를 마쳤다. 과연 어떤 사람의 집으로 가게 될까, 무척 궁금할 것이다. 기다리는 동안 나는 누구고 어디서 왔는지 뿌리의 감각으로부터 전해 듣는다. 초록이네 가족은 엄청난 대가족이었고, 자신 역시도 그런 능력이 있다는 것을 어렴풋이 깨닫는다. 초록색 긴 몸통을 따라 하얀 가시가 촘촘하게 삐죽삐죽 나와 있다. 몸속을 꽉 채운 수분을 빼앗기지 않기 위해 생겨난 것이다. 움직일 수 없는 자신을 보호하기 위한 최선의 방어책이다. 원래 그들이 살았던 척박한 사막에서는 비가 아주 가끔 내렸다. 그날은 실컷 물을 마시는 날이었다. 그런 패턴으로 살아온 초록이한테는 물을 자주 주면 곤란하다.

가장 건강하고 멋진 모습으로 새로운 인간 친구를 만날 준비를 한다. 가끔 조절을 못해서 꽃을 터뜨리기도 한다. 그러면 상황은 아주 나빠질 수 있다. 식물을 잘 다루는 인간이 아닌, 꽃의 아름다운 매력에 홀랑 빠져 버린 초짜가 초록이를 선택할 가능성이 높아지기 때문이다. 이제는 못생겨질 일만 남았는데…… 그마저도 선택을 받지 못하면 오히려 다행일 수도 있다. 쾌적한 환경에서 다시 살아볼 기회가 생기는 것이기도 하고, 능숙한 인간에게 다른 식물들 틈에 껴서 덤으로 보내질 수도 있기 때문이다.

무슨 이유에서인지 모르겠지만 초록이들 중 몇몇은 엄청난 사랑을 받는다. 자신이 왜 사랑받는지 모르지만 어쨌든 잘된 일이다. 만약 그들이 연예인이었다면 데뷔하자마자 치명적인 매력으로 대중의 마음을 사로잡았을 것이다. 하지만 언젠가 이 인기도 식을 것이다. 우리들은 초연하다. 어떻게 그런 마음을 가질 수 있냐고 물으면 이렇게 대답할 것 같다.

"나를 선택한 사람들이 나의 모습을 지켜보면서 열광하기도 하고 실망하기도 하지만, 그건 그냥 그들의 생각일 뿐이니까 어쩔 수 없지. 그렇다고 해서 내 뿌리를 바꿀 수도 없는 노릇이니 말이야. 솔직히 나는 좀 까다로운 편이지. 물도 적절한 타이밍에 맞춰 줬으면 좋겠고, 사막의 변덕스러운 날씨를 조금이나마 느낄 수 있게 창문도 자주 열어 줬으면 좋겠어. 나는 너의 집 환경에 적응하려고 무척 애를 쓰고 있단 말이야. 그런데 알아주지 않아도 돼. 어쨌든 우리가 오랜 관계를 유지하려면 조금씩은 서로의 노력이 필요하니까."

누군가의 선택을 받은 초록이는 이제 조그만 화분이 집이 되었다. 좀 더 넓은 세상에서 뿌리를 내리고 싶은 마음도 있었지만 새로운 화분에 기대를 걸어 본다. 아파트로 가게 될까, 어떤 집에 가게 될까, 창문은 몇 개나 달린

집일까, 인간 친구는 바쁜 사람일까 느긋한 사람일까, 궁금한 게 참 많다. 기왕이면 여유로운 사람이었으면 좋겠다고 생각한다. 마음이든 돈이든 시간이든 뭐든 많을수록 좋다.

Green mind, green days

"
왜 하필 나에게
이런 일이
"

칼라데아 진저
Calathea ornata ginger

우리를 키우는 인간들은 몇 가지 타입으로 나뉜다. 인간의 50%에 해당하는 첫 번째 타입은 우리를 잘 모른다. 아니, 이해하려고 하지 않는 것 같다. 아예 관심을 주지 않거나 너무 관심을 주거나 둘 중 하나여서 참 곤란하다. 특히 제일 무서운 건 우리의 말을 듣지 않고 자기 말만 하는 사람들이다. 시도 때도 없이 물을 주려고 하고 아무튼 제멋대로다. 인간의 25%에 해당하는 두 번째 타입은 게으르지만 식물은 키우고 싶어 하는 경우다. 그런데 어쩌나 바쁘게 사는지 자기 자신도 제대로 돌보지 못해서 내가 더 마음이 조마조마하다. 엄청나게 바쁜 그들도 가끔 긴 휴식기를 가지는 듯 집을 비울 때가 있는데, 우리에겐 그때가 일생 최대의 위기다. 인간의 15%에 속하는 세 번째 타입은 두 번째 타입보다는 조금 더 시간을 여유롭게 쓰는 사람들이다. 느긋하면서도 은근 부지런하다. 우리가 어떻게 살아가는지 비밀을 조금 아는 것 같다. 가끔 소름이 돋을 때도 있다. 말하지 않았는데 알아서 척척 물을 주고, 창문을 열어 줄 때는 마음이 통한 느낌이 들고 믿음이 간다. 가끔 서툴기도 하지만 우리와 함께 지내는 시간이 쌓이면 상위 10%로 갈 확률이 높아진다. 마지막으로 상위 10%의 네 번째 타입은 우리의 꿈을 이뤄 주는 사람들이다. 꽃집을 운영하는 것도 아닌데 그들 집에는 다양한 크기의 화분이 준비되어 있고, 각각의 성격에 맞춰 우리를 다룰 줄 안다. 실로 배운 사람이다.

농장 주인아저씨가 흙이 쏟아지지 않게 휴지로 겹겹이 덮고, 잎이 얼지 않도록 신문지로 돌돌 싸맸다. 택배 아저씨가 오면 꼼꼼히 포장된 우리들을 조심히 옮겨 가져 갈 것이다. 어떤 인간을 만나게 될까 설레기도 하지만 두렵기도 하다. 먼저 떠난 친구들 중에 죽어서 되돌아온 걸 본 적이 있기 때문이다. 반대로 여기에 있었을 때보다 엄청 풍성해져서 새로운 화분으로 옮겨진 친구들도 보았다. 나도 그들처럼 좋은 인간을 만나 대가족을 만들고 싶은 마음뿐이다. 좋은 인간을 만났으면 좋겠다고 기대하다 가도 갑자기 스트레스가 팍 쌓인다. 나는 어디로 가게 될까. 한겨울에 겁도 없이 주문한 걸로 봐서는 초짜일 가능성이 높다. 아무래도 불길한 예감은 틀리지 않을 것 같다. 요즘 플렌테리어가 인기라던데 딱 그 용도로 주문한 게 뻔하다. 같이 떠나는 나머지 친구들은 아무 생각이 없는 것 같아서 더 마음이 답답하다. 내가 까다로운 건지, 쟤네가 둔한 건지 어쨌든 능숙한 인간은 아닐 거라는 확신이 드니, 이제 내 살 길은 내가 찾아야 한다. 나의 작은 소원은 그저 햇빛이 드는 창문과 바람이 부는 공간이 내 집이기를 바랄 뿐이다.

멀미가 날 뻔했는데 드디어 도착했다. 아으 추워. 빨리 집으로 들어가고 싶은데 집에 인간이 없는가 보다. 문 앞에서 기다리고 있으니 곧 나와 같이 살게 될 인간이 나타난다. 문을 열고 들어갔는데 이럴 수가, 왜 하필 나에게 이런 일이! 고개를 돌릴 필요 없이 한눈에 스캔할 수 있는 작은 원룸이다. 커다란 창문은 있었지만 빛이 잘 들어오지 않는 듯하고, 집은 조금 어질러져 있다. 역시 나의 불길한 예감은 틀리지 않았고 저 인간은 두 번째 타입인 것 같은 확신이 든다. 집은 화이트 톤으로 어설프게 꾸며져 있고, 먹다 남은 음식이 그대로인 걸 보니 부지런한 것 같진 않다. 현실로 다가온 나의 인생이 조금 고달파졌다. 하지만 나는 엄마가 물려준 강력한 DNA가 있으니 괜찮다. 환경에 적응하는 능력 말이다. 이제 나의 간절한 마지막 소원은 저 어리숙한 인간이 나에게 물을 제때 주기를 바랄 뿐이다.

"
뿌리 없는
인간 관찰기
"

스파티 필름
Spathiphyllum wallisii

집주인은 노란색 맨투맨을 즐겨 입는다. 저 노란 인간은 우리의 사진을 몇 장 찍더니 이내 관심이 사라진 듯 자리를 떴다가도 다음날 아침에 내가 얼마큼 자랐는지 확인하려는 듯 나를 유심히 살펴봤다. 성질 급한 노란 인간은 매일매일 나를 관찰했고, 내가 조금이라도 움직이면 신기해하며 또 사진을 찍어 댔다. 나는 노란 인간이 집을 떠나면 창가에서 지나가는 개와 고양이와 사람들을 구경하며 시간을 보냈다. 가끔 노란 인간이 깜빡하고 블라인드를 열어 놓지 않고 간 날은 정말이지 우울했다. 원래도 해가 아주 잠깐 보이는데 그마저도 볼 수 없어서 잎이 축 처질 것만 같았다. 매일 창밖의 세상을 구경하다 보면 어떤 패턴이 보였다. 항상 비슷한 시간마다 나타나는 인간들이 있었는데 닷새 내내 나타났다 이틀은 나타나지 않는 패턴으로 움직였다. 뿌리가 없는 기분은 왠지 자유롭고 멋질 거라고 생각했는데, 저 뿌리 없는 인간들이 비슷한 패턴으로 움직이는 걸 보니 어쩐지 불쌍해 보이기도 했다. 뿌리 없는 것들 중 가장 신비로웠던 것은 고양이들이었다. 그들은 움직임을 예측할 수 없고, 느릿느릿하면서 또 빠릿빠릿하다. 종종 건너편 집의 마당에 무단침입 후 느긋하게 일광욕하는 그들의 모습을 본 적이 있는데 태어나서 누군가가 가장 부러웠던 순간이었다.

노란 인간은 해가 지면 집으로 돌아온다. 낮에 뭘 하고 돌아다녔는지 모르겠지만 늦게까지 잠을 안 자는 걸 보면 고양이만큼이나 예측 불가한 이상한 인간인 것 같다. 겸손한 자세로 바닥을 쓸고 닦는 부지런한 날도 있고, 아무것도 하지 않는 게으른 날도 있다. 가끔 조명을 끄지 않고 기괴한 자세로 잠이 들기도 하는데 그날은 정말 최악의 날이다. 우리 중 가장 예민한 초록이 칼라데아 진저는 생체리듬이 깨져 버릴 정도였으니까. 낮엔 잎을 활짝 피고, 밤엔 오므려 쉬는 규칙적인 리듬을 갖고 있다가 이렇게 밤새 조명이 집 안을 환하게 밝히는 날이면 밤에도 쉬질 못하고 애매하게 피어 있다. 노란 인간은 벽에 걸어 둔 고구마와 양파에서 싹이 나게 하는 재주도 있다. 어느 날은 아보카도를 키워 보겠다며 호기롭게 도전했지만 씨앗에 곰팡이가 피어 굴욕을 맛보기도 했다.

나는 노란 인간이 나에게 물을 줄 때가 가장 좋다. 매일매일 지켜보더니만 내가 물이 필요하던 찰나를 어떻게 알아차리는지 나에게 물을 준다. 몸 속 수분이 부족해져서 줄기가 살짝 처졌는데 그 낌새를 알아차린 것일까. 어리숙하고 게으른 줄만 알았는데 조금은 쓸모 있는 인간이다. 나를 화장실로 데리고 가서 샤워기를 약하게 틀고 소나기 내리듯 물을 뿌려 줄 때는 기분이 진짜 좋다. 투둑투둑 떨어지는 물방울이 잎에 쌓여 있던 작은 먼지들을 쓸어내리고 찌뿌둣했던 몸이 조금씩 풀린다. 촉촉해

진 상태로 창가에서 시원한 바람을 맞는 것은 정말 상
쾌하다. 바람이 한 번씩 불 때마다 잎이 살랑살랑 흔들
리면 노란 인간이 시끄러운 기계로 축축한 머리를 말릴
때처럼 내 흙도 보송보송해진다. 흙 속에는 맛있는 영양
분이 있는데 물을 주는 날에는 먹기 좋게 부드러워진다.
그때 뿌리가 열심히 이리저리 입을 열고 맛있게 먹는다.
나는 과식은 하지 않는 편이다. 내 옆자리의 다육식물과
선인장은 처음엔 엄청난 대식가인 줄 알았다. 한 번 물
을 먹을 때 엄청나게 먹어 댔기 때문이다. 하지만 그들은
평상시에는 좀처럼 먹지 않는다. 몸속에 비밀 저장고가
있는지 필요할 때마다 빼먹는 것 같다. 어쨌든 우리는 각
자의 밥그릇이 얼마큼인지 뿌리의 감으로 알기 때문에
욕심 부리는 일이 별로 없다. 아, 유일하게 욕심 부릴 때
가 있긴 있는데 그건 나와 다른 뿌리의 초록이들과 같은
화분에서 지내야 할 때뿐이다. 그땐 그야말로 소리 없는
전쟁이다.

추운 겨울에 노란 인간은 환기를 잘 안 시킨다. 가장 따
뜻한 낮 시간에 창문을 열면 딱 좋을 텐데 항상 그때마
다 집에 없었다. 작은 방 안에서 창문을 닫고 있으면 숨
이 잘 안 쉬어지고 머리가 아프다. 노란 인간도 축 처져
있고 기운 없어 보였는데, 내가 입이 있다면 '그건 네가
창문을 열지 않아서야!'라고 큰 소리로 말해 주고 싶었

다. 축축했던 흙이 축축해지는 것은 정말 괴로운 일이다. 식사가 다 끝났는데 치우지 않은 눅눅해진 먹거리들이 입 안에 잔뜩 쌓여 있는 기분이다. 뿌리는 퉁퉁 붓고 심하면 병에 걸릴지도 모른다. 다행히 나의 바람이 통했는지 오늘은 노란 인간이 아침에 일찍 일어났다. 옷을 갈아입고 밖에 나갈 준비를 하는 동안 창문을 열었고 신선한 공기가 들어왔다. 나에겐 이게 아침 산책이다. 노란 인간도 이 상쾌한 기분을 몸으로 느낄 수 있다면 참 좋을 텐데, 몸의 감각을 능숙하게 다룰 수 있는 인간인지는 아직 모르겠다.

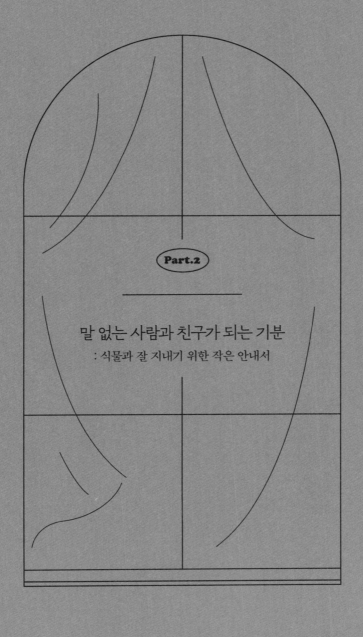

Part.2

말 없는 사람과 친구가 되는 기분

: 식물과 잘 지내기 위한 작은 안내서

식물이 스트레스를 받는 이유

어느 날 아침, 눈을 떴는데 낯설다. '아, 맞다. 나 이사했지.' 새 매트리스에서 나는 알싸한 냄새에 창문을 열어 환기를 시킨다. 며칠째 몸이 찌뿌둥하다. 아직 정리되지 않은 짐들이 박스째 쌓여 있고, 밥을 먹으려고 하니 수저를 어디에 싸 놨는지 기억이 나지 않아 비닐장갑을 긴 채로 먹었다. 모든 것이 조금씩 바뀌었다. 혼자에서 둘이 사는 집으로 바뀌었고, 집의 구조도 바뀌었다. 한 집에서 성격이 다른 두 사람이 같이 사는 건 재밌는 일도 많지만 솔직히 꽤나 스트레스 받는 일이기도 하다. 식사 시간부터 수면 시간까지 서로 다른 생활 리듬을 맞춰야 한다. 같이 이사를 온 식물들도 이게 뭔가 싶을 것이다. 여긴 대체 어디기에 햇빛 들어오는 시간이 바뀐 건지 당황스럽다. 그동안 애써 맞춰 놓은 패턴을 또다시 수정해야 하니 말이다.

환경이 바뀌면 우리는 스트레스를 받는다. 새로운 친구를 사귀어야 하는 일, 새로운 업무에 적응해야 하는 일, 어색하고 달라진 환경 속에서 모든 신경이 곤두서서 많은 에너지를 필요로 한다. 식물도 새로운 환경에 적응할 때 스트레스를 받는다. 처음 본 우리 집이 낯선 것이다. "뭐야, 이 집은 빛도 잘 안 들고, 바람도 잘 안 부네." 하며 온몸의 에너지를 가동시킨다. 멀쩡했던 화분이 우리 집에 오자마자 시들시들해진다면 바로 몸살을 앓는 것이다. 잎이 초록색에서 노란색으로 바뀌기도 하고, 햇빛을 찾아 줄기를 더 길게 빼기도 하고, 왠지 생기가 없어 보이기도 한다.

식물도 사람처럼 성격이 모두 다르다. 특히 흙 속에 숨어 있는 뿌리의 성격을 파악하기까지는 시간이 꽤 걸린다. 본 모습은 숨기고 괜찮은 사람인 척 행동하는 우리의 모습 같다. 제일 안 친할 때 제일 근사한 사람이 되는 것처럼. 같이 산다는 것은 내가 얼마나 별로인지 들키는 일이다. 긍정적으로 바꿔 말하면 더 좋은 사람이 되기 위한 실험의 장에 들어온 것과 같다. 넉넉지 않은 햇빛과 조그만 화분 속 부족한 환경에서 살게 된 식물들은 예전과 달라진 환경에 스트레스를 받는다. 농장 아저씨의 집은 넓고 촉촉했고, 기가 막힌 타이밍으로 때가 되면 물을 주었다. 풍부한 햇볕을 받아 잎이 날마다 반짝였던 날들이었다. 이제는 그렇지 않은 환경에서도 멋지게 자랄 수 있을까, 실험이자 도전을 해야 한다. 더 멋진 내가 되기 위해서.

스트레스를 대하는 식물의 태도는 굉장히 확실하고 단호하다. 기분 나쁜 감정에 휩싸여 이리저리 휘둘리는 나와 다르다. 식물이 스트레스를 받는 나에게 조언을 한다면 아마 이렇게 말할 것이다.

바뀌지 않는 현실이 바뀌기를 바라며 기대하지 말 것. 바꾸고 싶으면 네가 바뀔 것.

햇빛이 부족하면 커다란 잎이 소용없다. 큼직한 잎을 가지고 있던 식물한테서 어느 날부터 조그만 잎만 나온다면 햇빛이 부족하다는 의미다. 스파티 필름이 햇빛이 부족한 우리 집에서 살게 된 날, 딱 그랬다. 잎이 엄청 큼직하고 풍성했는데 계절이 두세 번 바뀌고 나서는 새로 나는 잎들이 완전히 다른 사이즈로 자랐다. 광합성을 충분히 하지 못해서 에너지가 반토막 난 만큼 잎의 크기도 반쪽으로 줄어들었다. 비가 오지 않거나, 집이 건조한 편이거나, 인간이 물 주는 것을 자꾸 까먹는다면 몸 안의 수분을 아껴 쓰는 연습으로 대비한다. 수분 부족으로 상황이 안 좋아지면 에너지를 아끼기 위해 새잎을 제외한 나머지 잎들에 영양 공급을 중단하여 떨어뜨린다. 바뀐 환경에 적응하는 과정인 것이다.

새로 들인 식물이 몸살을 앓듯 시드는 것 같다면 우리가 할 수 있는 최선은 딱 하나다. 우리 집에서 가장 좋은 공간을 최소 1~2주간 내어주는 것이다. 온도가 갑자기 확 변하진 않았는지, 갑자기 음지에 둔 것은 아닌지, 원래 어떤 환경을 좋아하는 식물인지 알고 보살펴 주면 몸살감기가 떨어지듯 천천히 컨디션을 회복한다. 천천히 적응할 수 있는 시간이 필요하다.

"뭐야, 여기는 빛도 안 들고,
바람도 안 불잖아."

키우는 게 아니라 같이 잘 지내는 겁니다

엄마는 식물을 잘 죽였다. 한 줄기의 희망 고문 없이 바로바로 죽였다. 30년 동안 같이 살면서 나 하나 키우기도 벅찼는지 다른 무언가를 살아남게 내버려두지 않는 것 같았다. 내가 독립을 하고 나서는 갑자기 어항을 구입해 작은 물고기 떼를 키우기 시작하더니 어느 날은 물컵으로 고구마 정글을 만들기도 했다. TV 옆에서 키우던 고구마는 한 달에 한 번씩 집에 갈 때마다 코끼리 코처럼 길어졌는데 대체 어떻게 한 거냐고 묻자 엄마다운 답변이 돌아왔다. "쟤는 알아서 잘 크더라."

나를 키울 때에도 엄마의 행동은 일관성이 있었다. 어린이라는 이유로 무리해서 배려한 적은 거의 없었다. 잘 먹든 안 먹든 엄마, 아빠가 좋아하는 메뉴로 식사했고, 내가 뭘 하고 싶다고 말하지 않으면 먼저 나서서 권하는 일은 별로 없었다. 어릴 때는 엄마의 1순위가 내가 아닌 것이 서운했다. TV 드라마 속 엄마들처럼 우리 엄마도 비 오는 날 우산을 쓰고 마중 나오거나 열심히 공부하고 있으면 맛있는 간식을 챙겨주길 바랐다. 엄마는 당연히 그래야 하는 존재가 아님에도 혼자 기대하고 실망했던 나는 어리석었고 엄마에게 미안했다.

생각해 보면 우리는 키워지는 존재로서의 순간은 짧고, 같이 잘 지내야 하는 시간은 무척 길다. 엄마가 날 키운 방식이 그랬다. 10년을 키우고 20년을 같이 잘 지내보려고 노력한 것 같다. 그런데 신기한 것은 실제로 우리의 관계가 좋아진 것은 따로 살기 시작할 때부터였다. 각자의 화분으로 분리되던 날부터 나는 그제야 엄마를 멀리서 보는 법을 알게 된 것 같다. 독립적인 존재로서의 인간으로. 엄마는 물고기들을 꽤 잘 키웠다. 가끔씩 부모님 댁에 가면 네모난 어항 앞에 앉아 몇 마리 새끼를 낳았는지, 어떤 새끼가 죽었는지 또렷이 바라보고 있는 엄마의 모습을 종종 봤다. 특히 기분이 좋지 않을 때마다 어항 앞으로 가는 것 같았다. 많은 새끼를 낳았고, 몇몇 새끼가 죽었다. 어쨌든 내가 독립한 지 2년이 넘었으니 2년 넘게 물고기들과 잘 지내고 있는 것이다. 반면 엄마의 물컵 고구마는 딱 한 계절만 볼 수 있었는데, 물컵 안에 뿌리가 꽉 차고 잎이 너무 많이 자란 걸 방치해 두었기 때문일 것이다.

엄마는 집 안의 식물을 자연에서 키우는 것처럼 돌봤다. 엄마가 크고 자란 곳은 경상북도 문경인데 꽃 한 송이를 키우더라도 마당에서 키우는 곳이었다. 나는 엄마가 화분에 담긴 식물을 죽일 때마다 정말 '똥손'이라는 게 있는 걸까 궁금해했는데 그건 내가 엄마를 잘 몰랐던 것뿐이었다. 엄마는 땅에서 키우는 식물을 잘 키웠다. 고추, 호박, 깻잎이 무럭무럭

자랐고, 방학 때가 되면 봉선화 꽃을 따 손톱에 물들여 주었다. 식물을 가장 잘 키우는 존재는 자연이다. 그 위대한 진실을 잘 알고 있는 사람은 바로 엄마였다. 그랬기 때문에 그에게 더더욱 화분 속 식물의 존재는 어색했던 것일지도 모른다. 규칙적이지 않은 날씨는 식물을 강하고 독립적인 존재로 성장시킨다. 언제 비가 올지, 맑은 날은 얼마나 지속될지 예상하기 어려운 변화 속에서 살아남는 것들이 지금까지도 잘 자란다. 사실 인간에게 의지하는 식물들은 연약하다. 우리가 마트에서 쉽게 볼 수 있는 것들이 대부분 그렇다. 인간의 철저한 계획과 의도하에 더 맛있고 더 튼튼하게 조작된 열매의 씨앗(종자)은 다음 해에 쓸 수 없게 만들어진다. 그래서 매년 종자회사에서 새로 살 수밖에 없다. 언제 어디서나 똑같이 생긴 토마토를 마트에서 쉽게 구할 수 있는 이유다. 자연이 키운 토마토를 판다면 생긴 모양이 다 다를 것이고, 맛도 일정하지 않을 것이다.

"저 혼자 알아서 잘 컸어."라는 엄마의 말이 계속 머릿속에 돌아다닌다. 고구마는 정말로 알아서 잘 크는 놀라운 존재라는 사실이 새삼 다르게 느껴졌기 때문이다. 알아서 잘 크도록 돕는 것, 그것이야말로 무리하지 않으면서 내가 할 수 있는 일일 것이다. "키우는 게 아니라 같이 잘 지내는 겁니다." 엄마의 물컵 고구마가 나에게 전하는 중요한 메시지다.

키우는 게 아니라
같이 잘 지내는 겁니다.

말 없는 사람과 친구가 되는 기분

식물과 친해지고 싶다면 조용하고 말 없는 친구를 사귀는 일이라고 생각해 보면 어떨까. 무슨 생각을 하는지 뭘 원하는지 좀처럼 말하지 않으니 처음엔 그들이 어렵게 느껴진다. 하지만 우리는 새로운 친구를 사귈 때 그 아이가 어떤 성격인지, 무슨 생각을 하는지 잘 모르지만 왠지 모르게 나랑 잘 맞을 것 같다는 감이 오곤 한다. 물론 감이 틀릴 때도 종종 있지만 경험이 쌓일수록 자기만의 감도가 높아진다. 식물과 친해지는 과정도 비슷하다. 꽃시장에 가면 엄청나게 다양한 식물이 존재하지만 그중에서도 내 마음을 사로잡는 아이들이 있는 것처럼. 저번엔 귀여운 다육식물이 좋았는데 이번엔 여리여리하고 담백한 유칼립투스가 맘에 들고 다음번엔 또 어떤 식물이 좋아질지 모른다. 하지만 꽃시장은 이미 내 취향을 간파한 알고리즘으로 설계된 곳이니 뭐가 됐든 좋다. 어색하고 불편한 파티에 초대된 것이 아니라 내가 좋아할 것 같은 책들로 큐레이션된 독립 서점에 가는 것과 비슷한 느낌이다. 그곳에 가면 나와 잘 통할 것 같은 친구를 만날 수 있을 것 같고, 말수는 적지만 내 말을 잘 들어줄 것 같은 느린 리듬을 가진 친구를 사귈 수 있을 것 같은 기분이 든다.

우리는 모두에게 속마음을 이야기하지 않지만, 진짜 친구 같은 존재에게는 말을 건다. 나를 나 자체로 좋아해 주는 사람에게 특히 더. 친구가 되는 건 그런 게 아닐까. 지금 식물을 잘 키우는, 또는 잘 키울 능력이 다분한 사람들에게서 한 가지 공통적인 특징을 발견한다. 바로 '상대의 이야기를 잘 듣는 귀와 눈'을 갖고 있다는 것이다. 대화하고 있으면 나에게 집중하고 있는지, 내 말이 끝나자마자 자기가 하고 싶은 말을 준비하는지 딱 보인다. 잘 듣는 사람의 귀와 눈은 나를 향해 있다. 사실 나는 말이 없는 편이다. 아무래도 내가 말이 없으니 상대적으로 내 친구들은 내 몫까지 말을 해야 한다. 내가 말을 많이 하지 않는 데에는 별다른 이유가 없다. 그저 말하는 것보다 듣는 게 편한 성향의 사람이기 때문이다. 하지만 이런 나도 말을 많이 하고 싶은 날이 있다. 그런 날 내 얘기를 들어 주는 친구가 진짜 친구가 된다. 열 손가락 안에 꼽는 몇 없는 고마운 친구들이다.

내 주변 사람들은 대부분 식물을 잘 키우지 못한다. 아니, 안 키운다는 게 더 정확한 표현인 것 같다. 듣는 귀와 눈을 가졌지만 아직 식물에게는 마음을 열지 않은 것뿐이다. 식물에 관심이 가려면 우선 나만의 공간이라고 느낄 수 있는 영역이 필요하다. 나도 내 공간이 생기고 나서부터 식물에 더 애정이 갔고, 내 친구 역시 같은 길을 가는 것을 지켜봤다. 나의 친구 N은 스투키와 다육식물, 선인장을 무참히 죽인 킬러다. 보통은 킬러의 삶을 몇 번 경험하면 새로운 식물 키우기를 주저하기 마련인데 그는 달랐다. 새 식물을 들이고 죽이는 일을 꾸준히 반복했다. 새 집으로 이사했을 때에도 어김없이 식물을 추천해 달라고 했다. 이번엔 나도 제대로 추천해 주고 싶어서 이사한 집의 사진을 요청했다. 화분을 올려두기 좋은 작은 턱이 있는 창문이 있었고 그 앞에는 하얀색 원형 테이블을 놓는다고 했다. 잎과 덩치가 큰 식물이 잘 어울릴 것 같았다. 하지만 제일 중요한 건 친구의 성격과 라이프스타일에 잘 맞아야 했다. 여느 직장인과 다름없이 평일에는 바쁘고 힘들어서 주말에 돌봐 주더라도 무리가 없는 식물이 좋을 것 같았다. 내가 키워 본 식물들 중 딱 어울리는 두 종류가 떠올랐다. 호프 셀렘과 레드콩고. 나와 N은 성격의 결도 비슷한 부분이 많아서 아마 나처럼 이 두 친구들과도 친해질 수 있을 거라 자신했다.

정말로 N과 두 친구는 궁합이 잘 맞았다. 식물 킬러의 삶을 살았지만 점점 달라지는 N의 모습을 보며 도전하는 킬러만이 킬러의 삶을 끝낼 수 있는 게 아닐까 생각했다. 한 가지 안타까운 소식은 두 식물 친구가 집에 오고 난 뒤로 N이 직접 골라 사온 식물이 텃세 한번 부리지 못하고 시들어 버렸다는 것이다. 큰 호프 셀렘이 기를 죽이고 옆에서 레드콩고가 깔짝댄 게 아닐까 싶을 정도로. 내가 조언한 대로 가끔씩 주말마다 화장실로 옮겨 샤워를 시켜 주기도 하고, 가끔 한

주를 건너뛰기도 하지만 엄청 잘 자라고 있다고 뿌듯해하는 모습을 보니 내가 더 기뻤다. 그 집에서 1년을 같이 보낸 뒤 이사를 하던 날 N의 어머니가 자유분방하게 자라고 있던 두 식물 친구를 보더니 흠칫 놀라 한 마디 했다. "얘네는 왜 이렇게 머리를 풀어헤치고 있니?" N에게 그 이야기의 결말을 인증샷으로 받았는데, 사방으로 퍼져 있던 줄기를 포장 끈으로 얌전하게 묶어 놓은 모양새였다. 어쩐지 자유를 잃었지만 자유로운 모습이 N과 많이 닮은 것 같다.

시도하는 킬러만이
킬러의 삶을 끝낼 수 있는 게
아닐까 생각했다.

식물은 알고 있는 느린 시간의 비밀

해도해도 티가 나지 않는 일이 있다. 집안일이 그렇고, 식물 키우는 일이 그렇고, 내 머릿속에 있는 일들이 그렇다. 첫 번째 회사를 그만두고 새로운 회사로 이직하려고 했을 당시 내 머릿속은 금방이라도 폭발할 것 같았다. 지금까지 생각이라는 걸 하면서 살았던 게 맞나 싶을 정도로 생각이 많았다. 그러다 갑자기 생각의 대폭발이 일어나면서 나만의 세계가 만들어지는 것 같은 느낌이었다. 서른이 되면 다들 그런 1차 대폭발 같은 게 한 번씩 일어나는 걸까. 어떻게 살아야 하지, 나는 어떻게 살고 싶은 거지, 내가 바라는 대로 노력하면 정말 현실로 이루어질 수 있을까, 혹시 열심히 했는데도 안 되면 그다음은 어떻게 하지? 고민들이 끝없이 이어지는데다 내 주변엔 나와 비슷한 길을 가는 사람도 없거니와 나만 다른 섬으로 가고 있는 것 같아서 불안했다. 하지만 불안한 마음보다 한 번 해 보고 싶은 마음이 더 컸다. 결국 나는 두 번째 회사를 찾는 걸 포기하고 새로운 회사를 만들기로 했다. "회사의 존재 목적은 돈을 버는 것이죠. 수단과 방법을 가리지 않고 돈을 버는 것이 아니라, 내가 구현하고자 했던 철학과 이념으로 돈을 버는 것입니다." 브랜딩 강연 연사로 나왔던 박창선 님의 말에 뼈저리게 공감했다. 그리고 철학과 이

념으로 돈을 버는 것이 정말 쉽지 않다는 걸 뼈가 시리도록 느끼며 마음이 쫄리기도 하고 느슨해지기도 하는 여러 날을 반복했다.

이전에는 나 스스로의 힘으로 무언가를 온전히 생각해 본 적이 없었다. 내 힘으로 질문하고 찾은 답의 모습은 보잘것 없이 하찮은 날이 더 많아서 마음이 점점 쪼그라들었다. 쪼그라들어서 없어질 뻔했던 마음을 다시 되찾은 계기는 아주 작은 선인장 하나를 관찰하면서부터였다. 새끼손가락만 했던 초록이(귀면각 선인장)가 환경도 좋지 않은 내 방에서 사계절이 흐르는 시간 동안 두 배가 훌쩍 넘을 만큼 쑥쑥 자랐다. 나는 느린 것은 아무것도 하지 않는 것이라고 생각한 적이 있었다. 식물은 매일매일 성장하는 모습만 보여 주지 않는다. 속도가 드러나는 일과 드러나지 않는 일이 있다. 느려 보이는 시기는 마치 내가 버틸 수 있는지 확인하는 인내심 테스트 같았다. 특히 선인장을 키울 때 그랬다. 식물에게는 눈에 잘 보이지 않지만 해야 할 일이 많다. 줄기도 좀 더 튼튼하게 키워야 하고, 새잎도 몇 장씩 새로 만들어 내야 하고, 꽃을 피워 번식에 성공해야 한다. 이 많은 일을 하기 위해서 식물들은 속도를 늘리는 대신 리듬 타는 법을 배우고 익히는 것 같았다. 휴식기과 성장기를 정확히 구분해서 시간을 보낸다. 쉬는 건지 일하는 건지 모르게 조급한 마음으로 시간을 보내는 나와는 다르게 말이다. 그리고 이 리듬에는 중요한 법칙이 있는데 아무리 대단한 식물이라도 순간적으로 템포를 바꿀 수 없다는 것이다. 점점 빨라지거나, 점점 느려지거나 둘 중 하나다. 리듬치가 되지 않으려면 서서히, 자연스럽게 속도를 내어야 한다. 리듬이 좋으면 속도도 빨라진다.

식물은 알고 있다. 무언가를 해내기 위해서 느리고 오랜 시간을 보내야 한다는 것을. 실제로도 느린 시간 동안 충분히 단단하게 보낸 식물은 더 튼튼하게 성장했다. 어느 날 갑자기 꽃이 핀 것 같지만 티 나지 않도록 차분하게 처리한 무수히 많은 일이 그 뒤를 받치고 있었던 것이다. 그건 "한 번에 성공하는 것은 없어."라고 나에게 이야기하는 것 같았다. 내가 새로운 프로젝트를 짠! 하고 선보이면 고객들이 알아서 찾아와 주고 관심 있게 지켜봐 주길 바라지만 현실은 완전 반대인 것처럼 말이다. 사람들은 반복되는 것만 기억한다. 코카콜라나 스타벅스는 기억하고, 잠깐 나왔다 사라지는 것은 기억하지 못한다. 당연한 거다. 내가 4년째 식물을 팔고, 식물을 이야기하고, 식물 프로젝트를 하면서 혼자 지겨워질 때쯤 돼서야 사람들이 우리의 프로젝트를 기억하고 받아들인다는 것을 깨달았다. 충분히 반복하기 전에 그만두면 신뢰를 얻을 기회가 생기지 않는다는 사실을 배웠다.

지금 당장 돈이 벌리지 않을 것을 알지만 해야 하는 일이 있다. 특히 하고 싶은 걸로 돈을 벌고 싶다면 말이다. 아무도 알아주지 않는 이 느린 시간을 얼마나 잘 보내느냐에 따라 사람들이 알아주기도 하고 확실하게 외면하기도 한다. 30만 평의 지상 낙원을 일군 가드닝의 대가 타샤 튜더도 이렇게 말했다.

"정원을 가꾸기 위해선 인내심이 필요했어요. 인내심을 가지는 건 모든 일에서 중요해요. 참을성을 기르는 데 평생이 걸린 것 같아요. 참기 어려운 순간도 있지만 기다리면 보상이 따라요."

_영화 〈타샤 튜더〉(마츠타니 미츠에 감독, 2018) 중에서

식물이 말을 한다면 잘 키울 수 있을까?

"이제 아침 식사 시간인 것 같은데 제 식사 좀 챙겨 주시겠어요?"
《어린 왕자》를 다시 읽을 때마다 문장들이 새롭게 보인다. 장미꽃 한 송이가 어린 왕자에게 건넨 말이다. 당당하게 요구하는 장미가 귀엽다. '말하는 장미처럼 배가 고프면 고프다고 티를 좀 내 주면 좋을 텐데.' 하는 생각을 가끔씩 한다. 특히 친해지고 싶은 뉴페이스 식물들을 집에 들일 때 그 생각은 아주 간절해진다. 물은 적합한지, 햇빛은 이 정도면 적당한지, 뭐가 더 필요한지, 어디 아픈 곳은 없는지 물어보고 싶다.

햇빛과 물의 밸런스를 유지하는 것은 꽤 어렵다. 사람들은 햇빛이 강할수록 좋을 거라고 생각하지만 아니다. 햇빛만 강한 상황에서는 뿌리가 긴박하게 경고 버튼을 눌러 맨 위쪽에 있는 잎에게 전달한다. 당장 햇빛을 차단하라고. 강한 햇빛으로 뿌리가 갖고 있던 수분을 잃을 수도 있기 때문이다. 잎은 자체적으로 기공*을 닫아 광합성을 포기하기도 한다. 사실 밸런스가 좋은 상태는 뿌리가 물을 촉촉하게 머금은 상태에서 햇볕을 쬐는 것이다. 그런 날이 많으면 많을수록 잎은 반짝이는 태양의 선물을 풍족하게 받을 수 있다.

---

* 주로 잎 뒷면에 위치. 공기를 들이마시고 내뱉는 구멍.

말 없는 그들과 친해지기 위해서는 사막여우의 말을 천천히 읽어 보면 힌트를 얻을 수 있다. "사람들은 새로운 것을 알려고 하지 않아. 가게에서 이미 만들어진 물건을 사지. 하지만 친구를 파는 가게는 없다고! 사람들은 이제 친구를 사귈 수도 없게 될 거야. 만일 네가 친구를 사귀고 싶다면 나를 길들여야 한다는 말이야."

그러면서 사막여우는 어린 왕자에게 자신을 길들이는 방법을 알려 준다. 아무 말도 하지 말고 옆에 있어 줄 것, 마음의 준비를 할 수 있도록 매일 같은 시각에 올 것. 사막여우의 말대로라면 식물과 친해지기 위한 첫 번째는 뭔가를 하는 것보다 우선 관찰하는 게 중요하다. 즉, 우리 집에 처음 온 식물의 몸짓을 체크하는 것이다. 매일 10초 만이라도 관찰하다 보면 어제와는 조금 다른 모습을 알아차릴 수 있다. 식물은 환경이 변하는 것을 그리 좋아하지 않기 때문에 달라진 환경에 시들해진 건 아닌지 며칠 지켜봐야 한다. 그때 물을 주려고 한다든지 뭔가를 하려고 하면 할수록 상황은 더 안 좋아진다. 두 번째, 첫 번째 관찰에서 얻은 데이터로 일정한 패턴을 만든다. 관찰을 통해 '잎이 시들시들해서 물을 줬더니 다시 살아났네? 드디어 물을 주는 타이밍을 알게 되었군! 12일째 됐을 때 조금 시들시들해졌으니까 10일째 되는 날에 물을 주면 되겠어.'라는 데이터를 얻었다. 7일에 한 번 물을 주라는 식물이 우리 집에서는 10일에 한 번이 더 좋은 패턴인 것이다. 왜 3일이 더 걸리는지 눈치 챘다면 당신은 식물과 친한 게 분명하다. 우리 집은 햇빛이 부족하고, 환기가 충분하지 않아 수분이 빠르게 마르지 않기 때문이다. 집 안 컨디션을 조금만 신경 쓰면 7일로 바뀔 수도 있다는 이야기다.

"저 사람이랑 친해지고 싶은데, 어떻게 하면 친해질 수 있을까요?"라고 누군가 묻는다면 뭐라고 답할 수 있을까. 뭘 좋아하는지 알아내서 맞춰 주고, 듣고 싶어 하는 말만 해 주고, 선물 공세를 펼치면 될까? 아니. 그런 걸로 친해질 리가 없다. 부담스럽고 불편하니까. 사막여우가 말한 것처럼 무턱대고 뭔가를 하려고 하지 말고, 먼저 다가가서 친구의 이야기를 잘 들어 주자. 그것만으로도 친해질 기회가 주어진다. 그리고 이랬다저랬다 하지 말고 나름의 일정한 패턴으로 그의 옆에 조용히 있어 주는 것이다. 무엇보다 나다운 모습이어야 오래 옆에 있을 수가 있다. 무리하면 서로 피곤해진다. "식물을 잘 키우고 싶은데 어떻게 해야 돼요?"라고 식물 킬러가 묻는다면 같이 있을 때 편안한 사람이 되라고 말하고 싶다. 계절이 바뀔 때, 분갈이를 했을 때, 화분의 위치를 바꿀 때마다 변화를 관찰해 보자. 우리만의 패턴을 만들고 반복할 때, 비로소 친해질 수 있다. 식물과 오랜 관계를 유지하는 비법은 그 모습 자체를 관찰하고 이해하는 데 있다. 사막여우가 어린 왕자에게 알려 준 것처럼. 이 두 가지만 기억해도 어떤 관계든 건강하게 오래간다.

"이제 아침식사 시간인 것 같은데
제 식사 좀 챙겨 주시겠어요?"

최선의 하루를 위한 식물 루틴

어쩌다 혼자 사는 남자의 집에 가게 되었다. 방을 슬쩍 둘러보다가 베란다에서 빨간 방울토마토가 주렁주렁 달린 화분을 발견한다면 그 남자가 조금 달라 보이지 않을까? 〈멜로가 체질〉이라는 드라마에서 안재홍이 맡은 역할(손범수 역)의 이야기다. 아니, 베란다에서 방울토마토를 자라게 하다니! 너무나 능력 있고 매력적이지 않은가. 매번 맡은 작품마다 흥행하는 드라마 감독 손범수는 덜 익은 초록 방울토마토 같은 신인 작가(천우희, 임진주 역)를 알아봤다. 빨갛게 익으려면 시간이 얼마큼 필요하고, 그 과정에 어떤 정성이 필요한지 잘 아는 사람이라는 걸 증명하듯이 말이다. 아무것도 아닌 씨앗일 때부터 빨간 방울토마토 열매가 되기까지의 과정을 이해하는 사람은 확실히 매력이 있다. 설령 잘 익지 않거나 시들어 버리더라도 다시 시작하면 된다고 말하는 대사에서 그가 참 단단한 사람임을 한 번 더 느꼈다.

> 범수: 시들어 버렸어요. 돌보지 못해서. 그렇지만 실패했다고 생각하진 않을래요. 우린 충분히 좋은 시간이 있었으니까.
>
> 진주: 다시 시작하면 돼요. 열매가 나올 때까지 이런저런

과정을 다시 거친다는 게 조금 피곤하게 느껴지기
도 하겠지만.

범수: 싹이 잘 안 나기도 하고.

진주: 나올 때까지 하는 거예요. 방울토마토, 뭐 없이도
살지만 있으면 좋은 거니까.

_드라마 〈멜로가 체질〉 16화 중에서

식물을 좋아하면서부터 나는 영화나 드라마를 볼 때 그 공
간에 있는 식물들을 눈여겨보게 되었다. 극 중 식물에 일부
러 의미를 부여한 것인지 아닌지는 알 수 없으나 식물을 키
우는 입장에서는 뭔가 느껴지는 게 있다. 메이크업에 관심
있는 사람 눈에는 누가 설명하지 않아도 달라진 화장법이
잘 보이는 것처럼 말이다. 대개 식물들은 주인공의 생활 속
루틴을 슬쩍 보여 주는 역할을 맡는다. 루틴의 사전적 의미
는 '운동선수들이 최고의 운동 수행 능력을 발휘하기 위해
습관적으로 하는 동작이나 절차'인데, 식물은 한 사람이 최
선의 하루를 보내기 위해 세팅하는 일종의 루틴을 보여 주
는 듯하다. 영화 〈러브픽션〉에서 소설가로 나오는 하정우의
책상에는 쌓여 있는 책과 더불어 패턴이 그려진 하얀 도자
기 화병이 한자리를 차지하고 있다. 글을 쓰는데 꽃이 무슨
필요가 있을까. 꽃을 필요로 하지 않는 사람은 '먹고살 만하
니까 꽃도 키우나 보다.'라고 생각할지 모른다. 그저 사라지
는 것에 돈을 쓰는 작은 사치라고 생각할 것이다. 하지만 이

소설가에게 꽃은 사치가 아니다. 누군가에게 보여 주기 위한 장식이 아니라, 최선의 하루를 보내기 위한 일상 속 루틴이다. 아침에 커피를 마시고, 제철 과일을 사는 일처럼, 계절마다 달리 피어나는 꽃을 사서 꽂아 두는 자연스러운 절차다. 일상이 깨지면 루틴도 깨진다. 영화 속 하정우가 갈등의 고조를 겪던 어느 날, 꽃병을 던져 버렸다. 무너진 일상을 보여 주듯이.

〈마이크롭 앤 가솔린〉이라는 영화에도 꽃 화분이 등장한다. 다니엘(별명 마이크롭)과 테오(별명 가솔린)라는 16살의 두 소년이 주인공이다. 긴 여름방학 동안 프랑스 전국을 여행하는 획기적인 아이디어를 구상하며 어른들 몰래 야심찬 계획을 준비한다. 잔디깎기 모터와 나무판자로 움직이는 집을 만든 것이다. 떠나기 전 테오는 창문에 꽃 화분 두 개를 달아 놓았다. "꽃이 너무 많지 않아?"라는 다니엘의 질문에 "아냐, 이제 좀 집 같아 보여."라고 말한다. 영화 속 테오는 오토바이를 좋아해서 가죽점퍼를 즐겨 입는 아이다. 오토바이를 분해하고 조립하는 걸 좋아해 몸에서 늘 가솔린 냄새가 났다. 영화에서는 나오진 않지만 나는 식물로 가득한 테오네 집을 바로 떠올렸다. 영화 〈벌새〉를 보면서는 주인공 은희네 집 베란다에 자리를 한가득 차지한 크고 작은 식물들이 눈에 들어왔다. 고심해서 고른 예쁜 화분이라기보다 무심하게 들여놓은 모습, 누군지는 모르겠지만 보이지 않는 손길로 잘 돌봐온 존재가 느껴졌다. 마치 그림자처럼 지난한 일상을 돌보기 위한 작은 습관으로써 말이다.

나에게 식물이란 처음부터 내 생활 속에 당연히 있어야 하는 존재는 아니었다. 우리 집은 화분 하나를 제대로 키워 본 적이 없었고, 각자 하루하루를 보내기에 바빴다. 독립을 하고 나서야 식물을 옆에 두고 싶은 마음이 확실해졌다. 이제는 식물이 없는 내 공간을 상상할 수 없다. 돈 많고 시간 많은 여유로운 사람이 된 것은 아니다. 오히려 현실은 그 반대의 상황에 가깝다. 예전과 달라진 점은 매일 똑같은 하루지만 조금씩 자라고 싶은 마음, 그 차이뿐이다. 집을 보면 사람을 알 수 있다는 말이 있다. 누구에게 보여 주기 위한 공간이 아닌 진짜 내가 지내는 곳에서 꿈을 갖고 사는지, 희망의 부재를 느끼며 사는지, 마음이 건강한지 아픈지를 알 수 있다. 그건 대단하지는 않아도 최선의 하루를 보내기 위한 루틴인 것이다.

아무것도 아닌 씨앗일 때부터 열매가 되기까지의
과정을 이해하는 사람은 확실히 매력이 있다.

관찰력을 기르는 법

글로 배운 식물 키우기 상식이 안 먹힐 때가 종종 있다. 일방적인 방식으로 맺게 된 인간관계는 대부분 오래가지 못하는 것처럼, 일방적인 소통으로 키우는 식물과의 관계도 금방 끝났다. 그 미묘함을 알아차리는 방법은 관찰력을 기르는 방법뿐이다. 예리한 관찰력을 가진 사람들은 눈과 귀를 잘 쓴다. 소통의 1단계가 말하기라면, 2단계는 듣기이고, 가장 어려운 3단계는 있는 그대로 보는 것이다. 있는 그대로 보는 것은 생각보다 어렵다. 우리는 무의식적으로 고정관념을 갖고 있고, 내가 보고 싶은 대로 상대방을 보는 습성이 있기 때문이다. 나는 말이 없는 편이라 대부분의 대화에서 들어 주는 역할을 하는데 듣다 보면 알게 된다. 얼마나 많은 사람이 말하는 것을 좋아하는지, 그리고 상대가 나에게 주는 관심이 진심인지 아닌지를. 그 누구라도 자신에게 관심을 갖고 질문해 주는 사람에게 끌릴 수밖에 없다. 말하는 걸 좋아하는 사람과 있는 것보단 내 이야기를 들어 주는 사람과 있는 게 좋고, 편견 없이 나의 있는 그대로를 봐 주는 사람과 함께 있는 게 좋다.

상대를 있는 그대로 보는 관찰력은 식물을 키우는 데 도움이 된다. 말하지 않는 식물의 몸짓과 작은 변화를 관찰하고,

지금 상태가 어떤지 아는 것은 경험과 시간이 축적되어 생긴 능력이다. 나 스스로에게만 관심이 많거나 다른 사람에게 별다른 관심이 없을 때는 식물을 잘 못 키울 확률이 높다. 다른 무언가에 쏟을 에너지가 없기 때문이다. 그래서 관찰력이 좋아지는 데에는 시간이 필요하다. 다양한 사람들을 만나면서 좋은 관계를 맺기도 하고 실패하기도 하면서 점점 관찰력이 좋아진다. '세상에 이렇게나 다양한 사람들이 많다니!' 하는 깨달음과 동시에 초연해지기도 하고, 다름을 인정하고 받아들이게 된다. 많은 경험으로 능숙함과 타성에 젖어 있다가 초보자의 마음을 얻게 되는 순간이다.

누구나 처음은 있다. 지금은 아주 잘 키우는 사람도 처음엔 식물 킬러 시절을 보냈을 것이다. 내가 잘 알지 못하는 낯선 종류의 식물을 키울 때는 나도 초보자의 마음이 된다. 양재꽃시장에서 '마오리 소포라'와 '에스토니 퓰렌베키아(Muehlenbeckia astonii)'라는 식물을 사 왔다. 가늘게 지그재그로 뻗어 있는 가지에 새끼손톱만 한 동그란 잎이 하늘하늘 달려 있는 식물이었다. 과습으로 죽인 적은 있어도 물 부족으로 죽인 적은 없었는데 소포라가 물 부족으로 죽었다. 내가 키우던 관엽식물들과 다르게 물을 엄청나게 좋아했던 것이다. 다행히 퓰렌베키아는 살았다. 저면 관수 화분에 심어서 항상 촉촉함을 유지했다.

새로운 존재에 대해 모르는 것은 당연하다. 괜히 아는 척했다가 애먼 소포라만 죽인 것이다. 새로 산 식물을 키울 때는 '모르는 건 당연하다.'와 같은 태도를 갖고 있어야 한다. 어설프게 아는 척하는 건 도움이 안 된다. 새로운 식물을 키울 때 세 가지 법칙을 기억하자.

1. 처음 모습을 사진으로 기록하기.
2. 모르니까 너에 대해 검색한다. 일단 이름부터 정확하게 알아내기.
3. 우리 집에서 가장 좋은 자리에 새로운 식물을 두기.

처음 간 모임에서 아무도 나에 대해 알고 싶어 하지 않는다면 그곳에 계속 있고 싶은 사람은 없을 것이다. 식물도 마찬가지다. 새로운 집에 갔는데 날 알려고 하지 않는다면 떠나고 싶을 것이다. 아무리 식물을 잘 키우는 사람이라고 해도 처음 본 식물에 대해 모르는 건 당연하다. 다른 식물들을 키웠던 것처럼 대충 예측하고 아무렇게나 관리하지 않는다. 처음 모습을 사진으로 찍어 두면 미세한 변화를 알아차릴 수 있다. 정확한 이름이 뭔지 찾아보고, 원래 서식했던 곳은 어떤 환경이었는지 정보를 수집한다. 그리고 집 안에서 가장 좋은 자리를 내어 주는 것이다. 햇빛도 잘 들고 환기도 잘 되는 창가 자리에 보름 정도 두고 새로운 환경에 적응하는 시간을 준다. 그렇게 관찰하다 보면 언제 물을 줘야 할지, 잎이 왜 시드는지, 잘 적응하고 있는지 감이 온다. 점점 보이지 않던 것이 눈에 보이게 된다.

대화가 너무나 잘 통하는 친구를 만나고 오면 뇌에서는 어떤 보상을 받았을 때 느끼는 것과 같은 효과가 나온다고 한다. 내가 좋아하는 친구들의 공통점을 찾아보니 대부분 관찰력이 좋았다. 말하는 것보다 잘 들어 줄 줄 알고, 있는 그대로 바라보는 눈을 가진 것 같았다. 같이 있으면 기분 좋은 사람, 좀 더 대화하고 싶은 사람, 자주 보고 싶은 사람들을 떠올려 보면 대부분 그랬다. '어떻게 그렇게 지치지 않고 상대에게 좋은 에너지를 주는 거지?' 기분이 안 좋거나 화가 날 때조차도 크게 동요되지 않는 사람들을 보며 그들의 숨은 능력에 감탄하게 된다. 그저 남들보다 조금 더 일찍 깨닫고, 보이지 않는 노력을 하고 있었던 게 분명하다.

좋은 흙, 나쁜 흙, 이상한 흙

식물과 흙도 서로 취향이 있다. 서로 잘 맞으면 알아서 잘 큰다. 반대로 극과 극의 성향이 만나면 그야말로 악몽이 된다. 열대식물과 선인장을 생각해 보면 이해가 쉽다. 척박한 사막의 땅에서 열대식물이 자라는 것은 매일매일 맛있고 배부른 식사를 했던 사람이 하루 한 끼도 못 먹고 몇 달씩 굶는 것에 비유할 수 있다. 또한 비옥한 땅에서 선인장이 자라는 것은 소식하는 사람에게 엄청난 양의 음식을 매시간 주는 것과 같다. 식물은 물을 먹고 자라는 게 아니라 흙 속 미생물을 먹고 자란다. 바람, 햇빛, 물을 어느 정도 이해하고 잘 관리해도 도대체 왜 이러는 건지 알 수 없는 상황이 생기기도 한다. 흙이 그 식물과 잘 안 맞을 확률이 높은 경우다. 새로운 흙에 적응을 못했거나, 그냥 잘 안 맞거나 둘 중 하나다.

"식물에게 있어 흙 속 미생물이란 우리 인간으로 치면 장
내 세균 같은 것과 같다."

《흙의 학교》라는 책에서는 흙 속 미생물을 이해하기 쉽게 코알라 이야기로 설명해 준다. 코알라는 독성이 강한 유칼립투스를 무독화하여 소화하는 장내 세균을 갖고 있고, 사람은

갖고 있지 않다. 그런데 갑자기 코알라의 장내 세균을 사람의 장내 세균과 통째로 바꾼다면? 코알라는 유칼립투스를 소화하지 못해 죽고, 사람은 유칼립투스만 먹어야 할 것이다. 마찬가지로 어떤 식물이 흙과 함께 살려면 반드시 흙 속 미생물과 사이좋게 지낼 수 있어야 한다. 그래서 식물 특성에 맞는 전용 흙을 써야 한다. 흙은 크게 두 가지로 나뉜다. 굵은 모래의 마사토와 영양가 있는 폭신폭신한 배양토. 마사토는 영양분이 없고 물이 잘 빠지도록 도와주는 역할을 한다. 배양토는 입자가 고운 만큼 다양한 영양분을 가지고 있어 물을 만나면 뿌리에게 먹거리를 제공하는 역할을 한다. 대부분의 실내 식물한테 이 두 가지 역할이 꼭 필요하다. 어느 한쪽이 과하거나 부족하면 물 빠짐이 너무 심해져서 영양이 부족해지거나, 뿌리가 계속 물에 잠긴 듯 과습해질 수 있기 때문이다.

누구에게나 좋은 사람일 수는 없다. 나에게 잘 맞는 사람, 안 맞는 사람이 있을 뿐. 마찬가지로 좋은 흙이 따로 있는 게 아니라 잘 맞는 흙을 만들어 주면 되는 것이다. 건조한 성질의 굵은 모래인 마사토와 촉촉한 성질의 영양가 있는 고운 흙인 배양토를 잘 섞어 줘야 한다. 식물 특성에 맞는 흙의 비율로 조절하면 그것이 바로 좋은 흙이다. 분갈이를 처음 시도한다면 밀가루 반죽놀이를 하듯 섞는 연습을 해 보자. 배합 비율의 센스는 천천히 알아 가면 된다. 한 가지 팁을 전하자면,

집 안에서 빨래를 자연 건조로 말릴 때를 생각하면 쉬울 것 같다. 빛이 잘 들어와서 금방 보송보송 마르는 집이라면, 촉촉한 성질을 유지할 수 있는 배합토를 더 넣어야 한다. 반대로 빛이 잘 들지 않아서 완전히 마르는데 꽤 오래 걸리는 집이라면, 건조한 성질의 굵은 모래 마사토를 더 많이 넣어야 한다. 또한 마사토를 넉넉하게 섞어 주면 물을 많이 줘서 뿌리가 시드는 실수를 줄일 수 있다.

그렇다면 나쁜 흙은? 재사용하는 흙. 이상한 흙은? 어디서 퍼왔는지 모르겠는 그런 흙이다.

Green mind, green days

"
혼자만의 시간이
필요해
"

필레아 페페로미오이데스
Pilea peperomioides

혼자 있는 시간이 좋다. 하지만 집 안의 평화로운 공기가 깨지는 순간엔 항상 노란 인간이 있다. 누구와 통화를 하는 건지 매일같이 비슷한 시간에 떠들고, 베이컨이나 삼겹살을 집에서 구워 먹을 때는 정말이지 한마디하고 싶었다. 기름이 사방으로 튀고 연기가 방 안에 가득한데 그렇게까지 해서 먹고 싶냐. 별로 듣고 싶지 않은 노래를 블루투스로 방 안에 쩌렁쩌렁 울리게 할 때는 머리가 아프기도 했다. 내가 노란 인간을 처음 만났을 때가 기억이 나는데 첫인상은 정말 무례한 인간 그 자체였다. 나를 너무 뚫어지게 관찰했고, 몇 날 며칠을 불편한 테이블 위에 두고 꼼짝도 못 하게 했기 때문이다. 아무래도 난 창가 자리가 좋다. 해가 움직이는 모습을 보는 것이 좋고, 낯선 바람이 왔다 가는 시간에는 마음이 설렌다. 하지만 내 마음을 몰라주는 노란 인간에게 굳이 기분을 티낸 적은 없다. 난 포커페이스를 잘하는 편이다. 그리고 사실은 별로 기대도 하지 않았다.

노란 인간은 가끔 친구들을 집에 초대했다. 혼자 있는 시간이 더 많았지만 작은 집 안이 주기적으로 북적였다. 나는 다른 초록이들과 한 화분에 있는 게 영 불편하던데 노란 인간은 그런 건 자유로운 것 같았다. 아무리 잘 맞고 비슷하다고 해도 같은 화분에서 지내라고 하면 아마 둘 중 하나는 질려 버릴 것이다. 농장에 살던 시절 이름도 잘 모르는 풀떼기가 내 포트에 뿌리를 내린 적이 있었다. 그 녀석은 몇 달 굶은 것처럼 무서운 속도로 뿌리를 내렸는데 하마터면 내 자리를 몽땅 뺏길 뻔했다. 성질 급한 풀떼기는 오래가지 못했다. 지금 생각해 보면 확실히 내 뿌리와 사이좋게 지낼 만한 녀석은 아니었다. 내 뿌리가 허락하지 않았는데 일방적으로 들어오는 풀떼기들은 사절이다. 아무래도 화분에 담긴 인생이라 나도 모르게 각박해질 때가 있다. 내가 뿌리 없는 인간이라면 화분에만 있지 않고 자유롭게 돌아다닐 것 같은데 노란 인간은 대부분의 시간에 혼자 있는 걸 좋아했다. 특히 어떤 날은 아무도 만나고 싶어 하지 않았다. 시끄럽던 노란 인간이 조용할 때는 왠지 불안하다. 평소에는 나에게 관심 한 톨 주지 않더니 꼭 그런 날에는 나를 바라보며 제멋대로 내 기분을 읽으려고 애썼다. 어리석은 노란 인간, 너에게 아직은 내 마음을 들킬 일은 없을 것이야!

◇◇◇◇◇◇◇◇◇◇◇◇◇◇◇◇◇

조용하고 오붓했던 주말이 기억에 남는다. 그날은 이상하게 노란 인간의 존재가 편안하게 다가온 날이었다. 나는 아무도 모르게 흙 속에 나만의 창작물을 만들고 있었는데 노란 인간도 나처럼 혼자 있는 시간을 꽤 능숙하게 보내고 있었다. 함께 있지만 각자 할 일을 하며 보내는 시간의 경험이 주는 쾌감이 있다. 마음이 통한 것이니 어설프게 마음을 써서 챙겨 줄 필요도 없다. 온전한 나만의 시간을 보내고 나면 어느 날 짠- 하고 보여 줄 수 있는 날이 올 것이다. 내가 만든 귀여운 창작물이 흙 속에서 뽁- 하고 나올 때 맑은 표정으로 함께 웃어 주는 존재가 있다는 건 소중한 일이다. 아무래도 노란 인간이랑 조금은 친해진 것 같다.

∞∞∞∞∞∞∞∞∞∞

다만 부디 나를 두고 긴 여행을 가지 않았으면 좋겠다. 한번은 일곱 밤이 지나도록 집에 오지 않았는데 정말 두려웠다. 돌아오지 않으면 어떡하지, 이러다 말라죽는 건 아니겠지, 싶었다. 노란 인간이 보고 싶었다. 동그란 잎을 길게 뻗는 내 줄기에 점점 힘이 빠졌다. 노란 인간이 도착했을 때 나는 그런 모습을 보여 주고 싶지 않았다. 그에게 의지하는 존재처럼 보일까 봐. 사실 난 정말 독립적인데 말이다. 물을 주는 건 노란 인간이 내게 해 주는 것이지만 몸집을 키우고 새잎을 나오게 하는 일은 혼자만의 시간을 잘 보낸 덕분이다. 노란 인간도 그 사실을 잊지 않았으면 좋겠다. 오직 혼자 해야만 하는 일이 있다. 절대로 남이 대신해 줄 수 없는.

"
내 꿈을 위해서
나는 지금 못생겨지는 중
"

백성 선인장
Mammillaria plumosa

내 이름은 백성 선인장. 나는 하얀 깃털처럼 생긴 가시를 가진 선인장이다. 살짝 만져 보면 정말 깃털처럼 부드럽다. 우리 할머니는 멕시코에서 태어났다고 하는데 어떻게 된 일인지 우리 가족은 한국에 있다. 내가 살았던 곳은 태양이 뜨겁고 공기가 더워서 몸속 수분이 빼앗기지 않도록 가시를 깃털처럼 진화시켜 왔다. 일반 선인장들과 다르게 우리는 부드러운 솜털로 빽빽하게 둘러싸여 있어서 초록색 몸통이 잘 안 보인다. 마치 하얀 선인장 같다. 내 꿈은 뿌리가 넓게 자랄 수 있는 곳에서 사는 것이다. 지금보다 좀 더 크게 자라고 싶다.

크게 자라기 위해서 반드시 거쳐야 할 일이 있다. 바로 못생겨지는 시간을 견디는 일이다. 내 주변으로 4~5개의 동그란 아기 선인장을 나오게 하기 위해서 나는 엄청나게 못생겨진다. 영양분을 나눠 먹어야 해서 나의 단단하고 동그랗던 몸이 홀쭉해지기 때문이다. 아기 선인장들이 내 옆에 뿌리를 조금씩 내리고 나면 좀 괜찮아질 것 같지만 그때는 더 못생겨진다. 홀쭉했던 몸이 물을 마시면서 아름답지 않은 모양새 그대로 빵빵해진다. 나는 이제 누가 봐도 볼품없는 선인장의 모습이라 어딘가 아파 보인다고 오해하지 않는 게 이상할 정도다. 노란 인간은 날 보고 이렇게 표현했다. *자라긴 자라는데 못생겨짐.* 난 노란 인간의 흔들리는 눈동자를 보았다. 며칠 전

시들어 죽은 다른 초록이들을 쓰레기통에 버리는 걸 봤다. 혹시 나도 시들었다고 생각하면 어쩌지, 그런 고민을 하고 있는데 노란 인간이 나를 들어 올렸다.

못생겨졌지만 이런 나도 사랑해줘, 라고 말하면 무리일까. 나는 1년 중 3개월은 예쁘고 멋지지만, 2개월은 아주 볼품없으며, 나머지 7개월은 평범한 모습으로 지낸다. 노란 인간은 나의 화려한 시절을 아직 본 적이 없다. 이 시기만 버티면 되는데 노란 인간은 날 화분에서 뽑아 버렸다. 딱딱해진 흙과 뿌리가 엉겨 잘 안 빠졌다. 못생겨진 것도 서러운데 버림받는 기분은 말로 표현할 수 없다. 소문대로 성질 급한 못된 노란 인간인 것 같다. 뿌리째 뽑혀 알싸한 기분으로 신문지 위에 누워 있으니 옆에는 다른 초록이들이 보였다. 어떤 건 나처럼 못생겼고, 어떤 건 초록초록한 기운을 내뿜는 멋진 아이도 있었다. 노란 인간은 새로운 화분 여러 개를 들고 오더니 그전의 화분보다 조금 더 큰 화분을 내 옆에 두었다. 아, 혹시 분갈이를 하려는 건가?

노란 인간의 눈동자는 아직도 긴가민가 하는 것 같았지만 어쨌든 난 살아남았다. 겨울이 시작되었다. 나와 새 화분의 자리는 창가 앞이 되었다. 이곳은 1년 내내 온도가 비슷하지만 창밖은 한겨울이다. 추운 겨울을 잘 보내면 나의 볼품없는 시기도 지나가고 다시 보통의 모습으로 돌아올 것이다. 울퉁불퉁하게 벌어진 몸통 사이사이에 하얀 가시가 새롭게 돋아나고 있다. 아기 선인장들도 몸집이 제법 커지고, 나도 예전보다 크고 단단해져 간다. 봄이 오면 꽃이 필 것이다. 꽃을 피우려면 겨울을 시원하게 잘 보내야 한다. 아무래도 못생긴 시간이 예쁜 시간을 만드는 것 같다. 노란 인간이 내 꽃을 본다면 기절할지도 모른다. 너무 예쁘고 앙증맞아서. 멋진 날은 짧다. 하지만 짧기 때문에 더 멋지다. 지금 나는 꿈을 위해 못생겨지는 중이다.

"
시간의 빈곤에서
벗어나는 법
"

더피고사리
Nephrolepis cordifolia duffii

우리는 느린 리듬으로 산다. 하지만 느리기 때문에 많은 일을 하지 못한다고 생각하면 오해다. 뿌리를 더 깊게 내리는 일, 어린잎이 자리를 잡게 돕는 일, 영양분을 나눠 먹는 일, 잎이 오래되면 떨구어 내는 일 등 언제나 나의 몸이 원하는 것들에 예민하게 귀 기울이고 안정적으로 처리한다. 하지만 이런 내게 노란 인간은 가끔 실망하는 눈치였다. 늘 새로운 걸 원했고 금방 질려 했다. 만족할 줄 모르는 인간 같았다. 더피고사리인 나는 연두색의 작고 많은 잎을 만드는데, 갑자기 큼직한 잎을 바란다거나 내가 만들어 낼 수 없는 색깔을 기대하는 듯했다. 그의 눈길을 사로잡는 새롭고 반짝이는 것들이 사방에 널려 있으니 항상 그대로인 나를 좋아해 달라는 것은 무리인 듯했다.

노란 인간은 어떤 생체리듬을 갖고 있길래 저렇게 바쁘게 움직일까. 항상 가진 것보다 많은 것을 바라는 모습을 옆에서 지켜보며 신기하다고 생각했다. 자신의 한계를 벗어나 무언가를 얻어 내기까지 시간을 왕창 몰아서 썼고, 식사를 매우 빠르게 해치웠으며, 늘 수면 부족에 시달렸다. 어느 날은 자기 몸의 리듬을 지키지도 못하면서 나를 챙기겠다고 물을 떠다 주는 모습이 이상하기도 하고 한심하기도 했다. 그렇게 점점 시간이 빈곤해진 노란 인간의 건강이 점점 나빠졌다. 자기 몸 하나 돌보지 못하는 인간에게 돌봄을 받는 인생은 고맙기보단 불편하다. 아픈 리듬에 맞춰져 있기 때문이다. 언제 물을 줬는지 기억하지 못해서 물을 아예 안 주거나 너무 자주 줬다. 아무튼 없던 병도 생길 지경이었다.

우리에게도 시간은 한정되어 있다. 시간을 잘못 쓰면 빈곤해진다. 시간의 빈곤을 해결하기 위해서 노란 인간은 노란 인간의 리듬을, 더피고사리는 더피고사리의 리듬을 찾아야 한다. 몸이 말하고 있는 소리에 예민하게 신경을 써야 하고, 시간을 잘 배분해야 한다. 나는 보통 조그마한 어린잎이 밖으로 나오기까지 걸리는 시간은 길게 잡는 편이다. 반면 얼굴을 조금이라도 내밀고 나면 그때부터는 시간을 적게 쓰고 효율을 내기 위해 집중한다. 잎이 점점 커지고 줄기가 쭉쭉 나올 차례다. 겨울이 오면 반드시 질 좋은 휴식 시간을 갖는다. 나의 계획대로였다면 좋았을 텐데 건강하지 않은 노란 인간의 곁에서 나는 시들어갔다.

자신이 갖고 있는 것보다 더 많은 것을 바라는 노란 인간에게 이렇게 말해 주고 싶다. 일단 하나씩 해결하자고. 갖고 있는 능력을 다 쓰지도 않고 더 큰 능력을 바라는 삶을 살다가 병이 나지 않았느냐고. 내가 만들어 낼 수 있는 가장 크고 단단한 잎을 위해 일단 작고 여린 잎부터 하나씩 만들어야 한다. 그렇게 한 장, 두 장 쌓이고 나면 일곱 번째쯤에는 정말 내가 바라던 멋진 잎이 나올 것이다. 그런 과정에서 시간이 많이 걸리고 찢어지는 고통이 종종 있지만 가장 확실한 길이다. 시간의 빈곤에서 벗어나는 가장 빠른 길은 이것뿐이다. 예전에 내 친구 초록이가 성장을 빠르게 하는 약을 먹는 걸 봤는데, 마법처럼 커졌지만 자주 병이 나고 아팠다. 결국 모든 일에 있어 느린 방법이 가장 빠르다는 사실을 노란 인간이 알게 될까? 느리고 평범한 시간이 쌓이면 특별한 능력이 생긴다는 것을 보여 주고 싶었는데 얼마 못 가 나는 죽고 노란 인간만 살아남았다. 이건 다 노란 인간의 엉터리 리듬 때문이었다.

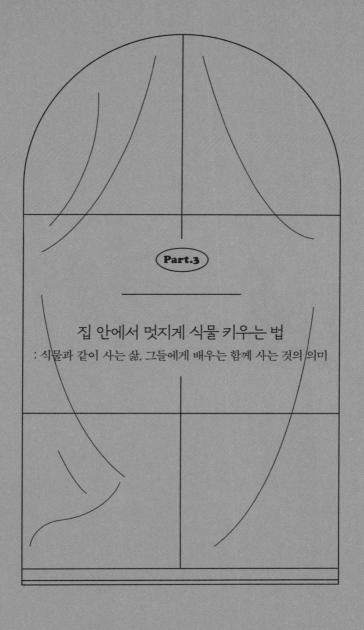

Part.3

___

집 안에서 멋지게 식물 키우는 법

: 식물과 같이 사는 삶, 그들에게 배우는 함께 사는 것의 의미

식물이 좋아하는 집

집 안에서 살아 있는 식물과 함께 지낸다는 건 정말 멋지고 근사한 일이다. 강아지나 고양이를 키우는 것만큼이나 알아야 할 게 많고 손이 많이 가는 일이기도 하다. 식물과 함께 살기 위해 가장 먼저 해야 할 일은 맘에 드는 식물을 고르는 게 아니라, 식물을 이해하고 관심을 갖는 것이다. 나는 기껏해야 식물에게 햇빛을 보게 하고, 물을 주는 정도밖에 아는 게 없었다. 어떤 이유로 탄생하는지, 어떤 과정으로 살아남는지 사실 잘 모른다. 굉장히 재밌게 읽은 책《매혹하는 식물의 뇌》에서는 식물의 삶에 대해 이렇게 이야기했다. "식물의 삶에 대한 인간의 인식은 내가 10대 시절에 읽은 공상과학 소설과 같은 수준에 머물러 있다." 광합성 생물이 지구에 등장한 이후로부터 지금까지를 1년으로 친다면, 광합성 생물이 1월 1일 0시에, 그리고 인간은 12월 31일 밤 11시에 막차를 타고 지구에 도착한 것과 다름없다고 이 책은 말한다. 우리가 우주의 비밀만큼이나 자연의 역사를 제대로 알지 못한다는 말이다.

나의 첫 식물은 다육식물과 선인장이었다. 키우기 쉽다는 식물 중 하나였다. 키우기 쉽다는 의미는 뭘까. 다른 건 몰라도 잘 큰다는 것은 천천히 죽는다는 말과 같다. 내가 실수해도 까다롭지 않게 넘어가 주고, 새로운 환경에도 꽤 잘 적응하는 다육식물과 선인장 덕분에 온갖 실험을 해 볼 수 있었다. 언제 물을 줘야 하는지, 물이 필요할 땐 어떤 모습인지, 성장기엔 어떻게 자라고 휴식기엔 어떤 모습을 보여 주는지, 어디가 아프고 왜 아픈지, 뿌리가 새로 분갈이한 흙에 적응하는 데 시간은 얼마나 걸리는지 등 직접 경험을 통해 알게 되었다. 그러고 나니 에어플랜트나 관엽식물들도 이해하기가 훨씬 수월해졌다. 마치 초등학교에 들어가 첫 친구를 사귈 때와 비슷하다. 어떻게 친해져야 하는지, 친구 사귀는 법을 제대로 배운 적은 없지만 딱 한 명만 사귀고 나면 다른 친구들과도 천천히 친해지는 것처럼 말이다.

식물이 좋아하는 집은 촉촉한 집이다. 식물들도 건성, 지성, 복합성 피부처럼 저마다 조금씩 다른 습성을 갖고 있어서 타입에 따라 관리법이 달라진다.

물을 좋아하는 식물 VS. 건조한 상태를 좋아하는 식물

잎 두께가 얇은 편   잎이 두툼하고, 뿌리가 굵은 편

물을 좋아하는 식물의 공통점은 잎 두께가 얇다는 것이다. 대부분의 열대식물, 관엽식물들이 여기에 속한다. 건조한 상태를 좋아하는 식물들은 잎이 두툼하고 뿌리가 굵은 편이다. 선인장, 다육식물, 관엽식물 중에서도 잎이 두툼한 종류가 여기에 속한다.

물을 좋아하는 타입의 식물들은 항상 수분이 부족한 건성 피부처럼 잎이 얇다는 특징이 있다. 조금만 건조해도 찢어질 것 같은 느낌이라 물 주는 시기를 잠깐이라도 놓치면 바로 시들어 버린다. 이런 식물들은 겉흙이 말라 보이면 물을 줘야 한다. 매일매일 미스트 뿌리듯이 분무기로 잎에 뿌려 주면 더 좋다.

건조한 상태를 좋아하는 식물들은 자체적으로 피부에 유수분이 많은 사람들이어서 굳이 미스트나 수분크림이 자주 필요하지 않다고나 할까? 다육식물과 선인장이 그렇다. 몸 안이 수분으로 꽉 차 있다. 그래서 잎이 두툼한 편이고 물을 자주 필요로 하지 않는다. 흙이 건조하게 말라 있어도 잎 속 수분이 많은 상태를 유지하며 자라는 걸 좋아한다. 이런 식물들은 흙 전체가 충분히 건조되고 잎 속 수분이 줄어들 때 물을 준다. 수분이 부족할 때쯤 잎이 쪼글쪼글해지려고 하거나 통통한 몸이 홀쭉해진다. 그 타이밍을 찾아 물을 주면 다시 탱탱해진다.

대부분의 실내식물들이 복합성 타입이라고 생각하고 물을 주면 실패하지 않을 것이다. 잎도 나름 두툼한 편이고, 키우기 쉬운 식물이라고 알려져 있는 것들이 대부분 그렇다. 너무 습한 것도, 건조한 것도 싫어하지만 대부분 무던하게 나의 어설픈 물 주기 스킬을 잘 받아 준다. 이런 식물들은 겉이 마르고, 안에 흙이 조금 건조할 때 물을 준다. 겉으로 봐서는 안쪽 흙이 축축한지 어떤지 알 수 없으니 나무젓가락이나 손가락으로 살짝 찔러 보면 알 수 있다. 몇 번 찔러 보면 '아, 이제 물 줄 때가 된 것 같군.' 하는 직감이 든다.

어쨌든 모든 이유를 막론하고 식물도 수분을 머금고 있는 탱탱한 상태를 제일 좋아한다. 사람이나 식물이나 기분 좋은 상태는 바로 이런 거다. 수영장에서 신나게 수영을 하고, 일광욕 의자에 누워 물기를 말리며 보송보송한 상태로 햇볕을 쬐는 것. 밖은 건조한 듯하지만 언제든 수분이 더해질 수 있고 내 피부는 촉촉한 상태. 식물도 그런 환경을 좋아한다.

내가 키우는 식물이 어떤 타입인지 알면 불화가 생기지 않는다. 공통적인 특징을 알면 생김새만 봐도 대략 감이 온다. 그러면 일주일에 몇 번, 한 달에 몇 번, 이런 식의 일방적인 물 주기에서 벗어날 수 있게 된다.

◇◇◇◇◇◇◇◇◇◇◇◇◇◇◇◇◇◇

마음의 여유가 있을 땐 뭐든 다 할 수 있을 것 같고 주변까지도 잘 신경 쓰지만, 조금만 마음이 바빠져도 내 몸 하나 챙기기가 힘들다. 그러면 같이 사는 식물들도 집주인의 상태를 닮아갈 수밖에 없다. 마음의 여유가 부족할 때 키웠던 식물들은 몇 달을 채 못 버텼던 것 같다. 집을 촉촉하게 하고, 햇볕을 쬐고 창문을 열고 환기시키는 것은 나에게도 꼭 필요한 일이다. 결국 식물이 좋아하는 집은 내가 살기에도 좋은 집이다.

우리 집은 햇빛이 잘 들지 않습니다만

집 안에 식물이 있는 멋진 사진들을 보다 보면 '아, 나도 저렇게 잘 키우고 싶다.'는 생각이 든다. 무심한 듯 책장에 하나 올라가 있고, 창문이 없는 화장실에서도 초록초록한 생명력을 뿜어내고 있다니, 도대체 어떻게 키우는 거지? 궁금해진다. 부모님 집에서 독립하고 나서는 항상 창문이 북쪽을 향하는 집에서만 살고 있다. 첫 번째 집은 북향이지만 창문이 컸다. 두 번째 집은 살짝 동쪽을 걸친 북향이었다. 이것은 운명인가. 이런 곳에서 식물을 키우면서 너도 할 수 있다고 용기를 주는 사람이 되라는 듯 말이다. 나는 언제쯤 햇살이 넘치는 집에서 살 수 있을까.

햇빛이 스쳐 지나가는 집에서 살다 보니 이런 환경에서는 어떻게 관리를 해야 하는지 직접 실험해 보며 하나씩 깨달았다. 아무리 음지 식물이라고 해도 몇 달 못 버티고 햇빛 부족으로 시드는 거 아닐까 예상했는데, 아직까지도 내 옆에서 함께해 주니 고마울 따름이다. 그간의 경험을 통해 나름의 팁을 발견했다. 햇빛이 부족한 환경이라면 실내 식물에게 필요한 세 가지 요소(햇빛, 물, 바람)의 중요도가 달라진다.

부족한 환경일 때: 바람 > 햇빛 > 물
좋은 환경일 때: 물 > 햇빛 > 바람

물 주기보다 환기를 잘하는 것이 먼저다. 태양이 없기 때문이다. 식물이 이 세 가지를 어떻게 소화시키는지 이해하면 쉽다. 일단 식물은 흙에 심어져 뿌리를 내린다. 뿌리를 내리는 이유는 두 가지다. 영양분을 흡수하기 위해서와 쓰러지지 않도록 땅에 단단히 고정하기 위함이다. 흙에 물이 더해지면 흙 속에 있는 영양분이 먹기 좋게 녹는다. 그걸 먹고 나면 몸속이 수분 영양으로 가득 찬다. 그리고 햇볕을 쬐고 있으면 광합성으로 스스로 양분을 만들어 낸다. 이때 중요한 딜레마에 빠지게 된다. 햇빛에 노출이 많아질수록 몸속 수분을 잃을 확률도 높아지기 때문이다.

워라밸만큼이나 밸런스가 중요해지는 순간이다. 뿌리가 햇빛을 차단하기 위해 기공을 닫을 것인지, 좀 더 광합성을 할 것인지 선택해야 한다. 뿌리가 식물의 모든 것을 통제하는 컨트롤타워인 셈이다. 이렇게 중요한 역할을 하는 뿌리가 제일 싫어하는 것이 있는데, 그건 바로 축축한 상태다. 원래대로라면 물에 젖은 흙이 햇빛과 바람으로 보송보송해져야 한다. 하지만 어두컴컴한 장마처럼 계속 축축한 상태에서는 쉽게 병이 난다. 그래서 식물이 사는 공간에 햇빛이 잘 든다면 두말할 것 없이 물을 많이 줘도 되지만, 햇빛이 부족하다면 물보단 바람을 더 많이 신경 써 주는 게 좋다.

처음엔 햇빛과 환기가 그렇게나 중요한지 몰랐다. 며칠 동안 집에서 꼼짝 않고 나가지 않은 적이 있었는데 나도 몰랐던 우울감이 불쑥불쑥 튀어나왔다. 햇빛도 없고, 공기가 정체된 곳에서 지내는 게 얼마나 위험한지 알게 된 순간이었다. "우리 집에서는 식물이 다 죽어요."라고 말하는 사람은 많아도 "우리 집은 식물을 키우기에 최악의 환경인데 저는 이렇게 해서 식물을 키워요."라고 말하는 사람은 드물다. 뭐랄까, 정석대로 하지 않고 몰래 이것저것 실험해 본 것을 기꺼이 알리는 낯짝 두꺼운 느낌이지만 사람들이 그렇게라도 스스럼없이 알려 줬으면 좋겠다. 부족한 환경에서 식물을 키우는 것이 뭐 자랑이냐고 누군가는 말할지도 모르겠다. 물구멍이 없는 화분에서 키우는 법, 다육식물을 수경 재배로 키워 보기 등 나는 아무도 궁금해하지 않을 질문들을 종종 한다. 가끔 식물에게 미안하지도 않냐는 식의 댓글을 받기도 했다. 비공식 전문가로서 진짜 전문가들에게 어떻게 보일지 걱정되는 것보다 정말 걱정되는 건 따로 있다. 식물에게 최소한의 주거 조건을 제공하지 못할 때다. 나는 두 발로 밖에 나가서 햇빛도 보고 바깥공기도 마실 수 있는데 뿌리 내린 식물들은 그렇지 못하니까. 내가 집에 들인 식물들이 원하는 건 사실 별게 없다. 바람, 햇빛, 물, 이 세 가지 원리를 이해하고, 부족하면 부족한 대로 내가 할 수 있는 만큼의 노력을 해 주는 것이다. 잘 자랄지 말지는 식물 스스로가 정한다.

아, 나도 저렇게 잘 키우고 싶다 …

집에서 식물을 키우기 위해 알아야 할 것

누군가와 같이 살게 되었다면 함께 살 준비를 해야 하는 것처럼 식물을 집에 들일 때에도 꼭 알아야 할 것이 있다. 식물과 함께 지내기 위해서 가장 먼저 해야 할 일은 식물을 고르는 것이 아니라 우리 집에 햇빛이 얼마큼 들어오는지 체크하는 것이다. 식물은 햇빛 없이 자랄 수 없다는 것은 너무나 당연한 사실이지만 종종 잊어버린다. 우리는 햇빛이 바로 비추는 곳에 앉아 있으면 눈이 부시기 때문에 블라인드를 친다. 하지만 식물은 블라인드를 치는 것을 원하지 않는다. 너무나 당연한 그 사실을 알고 있는 것이 바로 식물 키우기의 준비이자 시작이다.

시간의 순서대로 동쪽에서 서쪽으로 해가 들어온다. 남쪽에 난 창문은 하루 종일 밝고, 북쪽은 쨍한 빛이 들어오진 않지만 간접적으로 밝다는 것은 모두가 아는 사실이다. 식물과 함께 살기 위해서는 조금 더 디테일하게 알아야 한다. 빛이 어디까지 들어오는지, 빛이 얼마나 강한지 약한지를 관찰하는 것이다. 빛의 강약을 알려면 그림자를 보면 된다. 그림자가 아주 진하게 딱 떨어지는 라인이 생긴다면 햇빛을 좋아하는 식물이 아주 기뻐할 것이고, 흐릿하고 은은하게 퍼지는 그림자라면 나무 숲 밑에 사는 식물들이 편안하게 느낄 것이다. 해가 들어오는 영역을 확인하고 그 공간에 식물을 두는 것이 가장 먼저 해야 할 일이다. 너무 쉽고 당연하지만 그래서 종종 놓치는 가장 중요한 일이다.

노란빛의 영역에 식물을 두자!

아무리 남향이라도 창문을 닫고, 블라인드를 친 곳은 햇빛이 드는 곳이 아니다. 우리 눈에는 똑같은 빛인데 유리창으로 들어오는 빛은 한 번 걸러져서 들어온다. 식물이 원하는 일조량의 절반이 줄어든다고 생각하면 된다. 특히 서쪽과 북쪽을 바라보는 창문에 식물을 두었다면, 유리창을 활짝 열어 놓는 것이 좋다. 환기도 되니까 식물에게도 좋고 나에게도 좋다. 햇빛이 부족해서 기분 상한 식물에게 바람을 쐬어

주는 것으로 후한 점수를 얻을 수 있다. 나는 주로 출근 준
비할 때 한 번, 퇴근하고 집에 와서 한 번, 주말에는 좀 더 자
주 창문을 열어서 식물이 좋아하는 집으로 만들어 준다.

나와 잘 맞는 식물을 고르는 법

식물마다 성격이 있다. 사람마다 생활 패턴이 다르듯 식물에게도 나름의 패턴과 리듬이 있다. 부지런한 성격인지, 느긋한 성격인지, 내가 어떤 리듬으로 살고 있는지에 따라 나와 잘 맞는 식물을 고를 수 있다. 부지런함과 바쁨은 다르고, 느긋함과 게으름은 또 다르다. 내가 지금 어떤 리듬으로 살고 있는지 생각해 보면서 비슷한 리듬의 식물들을 찾을 수 있기를 바란다.

첫 번째 타입 "나는 지난밤에 내가 무엇을 했는지 기억할 리가 없다"

언제쯤 집에 오려나 …

하루 이틀 전의 기억도 잘 나지 않는다. 밀린 빨래가 쌓여 있고 집 안은 물건들로 어지럽혀 있지만 그 가운데에서도 나름의 규칙과 질서가 잡혀 있다. 가장 편안한 공간은 침대 안이며, 집 안에 있는 시간보다는 밖에서 돌아다니는 시간이 더 많다. 잡다한 것에 관심이 많고, 넓고 얕게 아는 것을 좋아한다. 이런 패턴으로 사는 사람에게는 선인장과 다육식물을 추천한다. 단, 조건이 있다. 무조건 햇빛이 잘 드는 창문에 둘 것. 살뜰하게 보살피지 못할 확률이 크기 때문에 식물들이 독립적으로 알아서 크도록 하기 위한 최소한의 장치다. 만약 빛이 잘 안 드는 집이라면 환기를 자주 시켜 주자. 정신없는 하루를 보내며 시간이 얼마나 흘렀는지 모른 채 지내던 어느 주말, 창가에서 따뜻한 빛을 받고 있는 선인장과 다육식물을 발견하게 될 것이다. 눈치 채고 물을 줄 때까지 침착하게 기다려 줄 수 있는 성격의 식물들이다. 다육식물 중에서도 특히 두껍고 통통한 잎을 가진 식물이 좋다. 통통하게 저장해 놓은 수분으로 극한 환경에서 살아남기 때문이다. 물이 부족하면 수분이 줄어들어 쭈글쭈글해진다. 그 차이를 알아차리고 물을 주는 시간이 바로 식물과 친해지는 시간이 될 것이다. 내가 조금 무신경하고 실수하더라도 덤덤하게 기다려 준다. 내가 키워 본 식물을 추천하자면 선인장 중에는 마블 선인장(Opuntia monacantha var. 'variegata'), 백도선 선인장(Opuntia microdasys var. albispina), 다육식물 중에는 미니 알로에, 염자(Crassula ovata), 우주목(Crassula portulacea monstrosa 'Gollum'), 천대전송(Pachyphytum compactum), 옵튜사(Haworthia cymbiformis var.

obtusa), 수(Haworthia retusa) 등 잎이 통통하고 작은 종
류의 식물들이 시작하기가 좋다. 어리바리한 초보자에게도
관대한 식물들이다.

두 번째 타입, "게으름과 느긋함 사이"

한 끗 차이로 게으른 사람이 되기도, 느긋한 사람이 되기도
한다. 집 안이 깔끔하게 정리되어 있을 때가 가끔 있고, 대부
분은 느슨하게 어질러져 있다. 모든 것에 있어 속도나 리듬
이 느린 편이기 때문에 남들보다 조금 더 관찰하고, 생각하
는 시간을 갖고 행동하는 편이다. 바쁘게 움직이는 사람들
이 종종 놓치는 디테일을 잘 찾아낸다. 눈치를 잘 살피는 듯
하면서도 가끔 눈치가 없어서 정말 눈에 띄는 변화가 있을
때에만 알아차리기도 한다. 집에서나 밖에서나 어떤 환경에
서도 유연하게 적응하는 사람들에게는 관엽식물 중에서도
반양지 식물을 추천한다. 대부분의 관엽식물들이 열대 기

후의 나무가 울창한 숲에서 자라는 식물들의 DNA를 가지고 있다. 그래서 강렬한 햇빛보다는 나무 그늘 아래에 따뜻한 빛이 드는 환경을 좋아한다. 내가 키워 본 식물 중에 추천하자면 몬스테라 델리시오사, 스파티 필름, 필레아 페페로미오이데스, 호프 셀렘, 아레카야자(Chrysalidorcarpus lutescens) 등이 있다. "느긋한 리듬의 삶이란 이런 것이다."를 보여 주는 식물들이다.

세 번째 타입, "백 퍼센트 그 이상을 해내려고 하는 자"

어딜 가든 무엇을 하든 쉽게 적응하고 잘 어울린다. 어떻게 빨리 처리해야 결과를 내는지 아는 효율적인 성과주의자다. 이런 성향의 사람들은 두둠칫 빠른 비트의 리듬을 잘 탄다. 일이 잘 풀릴 때는 백 퍼센트 그 이상을 해 내기도 하지만 잘 풀리지 않을 때는 쉽게 무너지기도 한다. 그래서 어쩌면 느긋하게 쉬는 법을 잘 모르는 것 같다. 이런 사람들에게는 산호 선인장(Hatiora salicornioides), 워터코인 (Hydrocotyle umbellata), 고사리 과의 식물들을 추천한다. 이 식물들도 리듬이 빠른 편이다. 일단 자라는 속도가 눈에 보일 정도여서 하루 이틀 사이에 달라진 변화를 알아차릴 수 있다. 물을 주지 않으면 가느다란 줄기가 보란 듯이 "나 목말라요."라고 말하는 듯 축 처진다. 매일매일 관찰해야 하고 물도 자주 줘야 한다. 폭풍 성장과 휴식기를 적절하게 보내는 이 식물들을 관찰하다 보면 열심히 일하고 푹 쉬는 리듬이 뭔지 알게 된다.

네 번째 타입, "나만의 세계가 단단한 사람"

조화와 균형이 무엇인지 잘 알고 있는 사람이다. 자기만의 방식으로 인생의 기준을 차곡차곡 쌓아 가고 있고 나만의 리듬을 본능적으로 잘 다룰 수 있는 능력이 있다. 자기 자신을 잘 알면서 다른 사람을 이해하는 것도 잘해서 두 마리 토끼를 잘 잡는다. 사람들을 좋아하지만 스트레스를 받으면 멀리한다. 자기만의 안전한 세계로 도망쳐서 문제를 외면하기도 한다. 이럴 때 활력이 없어지고 나태해지는데 그때 옆에 있으면 좋은 식물들이 있다. 귀면각 선인장이나 약간 큰 선인장들이 그렇고, 행잉 플랜트인 크리소카디움 (Selenicereus chrysocardium)이나 틸란드시아 이오난사 (Tillandsia ionantha), 세로그라피카 등을 추천한다. 이런 타입의 사람들은 가끔은 들쑥날쑥하기도 하지만 자기만의 생활 패턴을 꾸준히 유지하는 능력이 있다. 하루의 일과에 식물을 위한 몇 가지 패턴을 추가할 만한 여유가 있고, 까다롭고 어려운 식물도 척척 키워 낼 수 있는 잠재력을 갖고 있다고 해도 무방하다. 누가 뭐래도 자기만의 길을 꿋꿋이 걸어가는 사람에게 남의 시선은 중요하지 않은 법, 이 식물들도 변함없이 그대로인 것 같지만 자기만의 리듬과 계획으로 조금씩 자라는 패턴을 갖고 있다. 항상 똑같은 모습 같았는데 어느 날 조금씩 꼬물대는 몸짓으로 조용히 에너지를 뿜어내는 식물들이 옆에 있으면 나의 세계가 조금 더 건강해지는 느낌이 든다.

식물이 자라는 원리
(흙, 햇빛, 바람, 물 그리고 과습 하는 사람을 위한 팁)

흙

식물에게 있어 흙의 역할은 뭘까? 흙에는 두 가지 미션이 있다. 뿌리가 흔들리지 않게 지탱하기 위한 지지대의 역할과 너무 많은 영양분을 먹어 배탈 나지 않도록 조절해 주는 것이다. 흙 속에는 여러 가지 영양분이 있는데 물을 주면 흙 속에 딱딱하게 있던 영양분이 수분을 만나 먹기 좋게 녹는다. 뿌리가 맛있게 먹고 잘 자랄 수 있게 하는 역할을 한다. 그리고 중요한 사실이 하나 더 있는데, 뿌리도 숨을 쉰다는 사실이다. 진흙처럼 입자가 고운 흙과 굵은 모래알이 섞인 흙을 생각해 보면 쉽다. 후자의 흙에서 숨을 쉬는 것이 더 편할 것이다. 너무 빡빡하게 꽉 채운 흙보다 산소를 머금을 수 있는 흙에서 식물들은 더 잘 자란다.

> + 흙이 없어도 식물은 자랄 수 있다. 무기질의 영양분이 가득한 물과 줄기가 쓰러지지 않게 잡아 줄 무언가가 있다면. 수경 재배로 키우는 식물들이 그렇다. 뿌리가 물을 마실 수 있게 해 주면 된다. 여기서 주의해야 할 점은 뿌리만 물에 담가야 하는 것이다. 줄기가 물에 잠기면 쉽게

물러 버려서 시들 확률이 높아진다.

햇빛

햇빛이 없으면 식물은 살 수 없다. 음지에서 자라는 식물은 버섯뿐이다. 곰팡이를 키우고 싶다면 햇빛이 없는 곳에서 키우면 된다. 아무리 음지 식물이라 해도 빛이 없으면 자랄 수가 없다. 식물들은 햇빛에서 빛 에너지를 얻고, 공기 중의 이산화탄소를 마시며 갖고 있던 수분을 이용해 깨끗한 산소를 만든다. 햇빛이 없다면 식물용 전구를 끼워서 낮 시간 동안 켜 주는 것도 방법이다.

바람

우리 집에만 빛이 부족하게 들어오는 건 아니다. 야생에서도 구석구석 빛이 들지 않는 곳이 분명히 있다. 나무가 울창한 숲은 낮에도 어둡고, 무언가에 가려져서 빛을 받지 못하는 날도 있다. 그런 것을 보면 우리 집과 자연의 차이는 공간의 규모에 있는 것 같다. 바깥은 사방이 열려 있어 바람이 잘들고 어마어마한 규모의 공기가 순환되지만, 우리 집은 내가 창문을 열지 않으면 비좁은 공간에 아까 마셨던 그 공기가 그대로다. 천장이 아주 높은 집이나 복도가 큰 집이면 또 모를까. 집 안의 새로운 공기가 들어오도록 창문을 열자. 그것만으로도 식물들의 기분이 조금 좋아질 것이다.

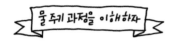

언제 물을 줘야 하지?
흙이 푸석푸석 건조해지기 전에

얼마큼 줘야 하지?
작은 화분은 물구멍으로 흘러나올 만큼
큰 화분은 절반 정도 젖을 수 있게

어떻게 물을 주면 좋을까?
뒤를 막둔하고 비 내리듯
골고루 촉촉하게!

여행을 가거나 며칠 자리를
비우면 저면 관수로!

물을 주고 난 다음엔?
물을 줬으면 햇빛과 바람으로
흙 속 수분이 보송보송 마르게 하기

물

야생에서는 비가 내리지만 우리 집에서는 내가 물을 챙겨 줘
야 한다. 물 주기에 적절한 타이밍을 찾는 게 어려운 것은 당

연하다. 물 주기야말로 식물과의 관계에 있어 가장 적극적인 소통이 필요한 일이다. 식물들은 촉촉한 집을 좋아한다. 건조하고 공기가 정체되어 있는 집에서 자라는 화분에 물을 주면 축축한 집이 된다. 촉촉한 집에서는 생기 있게 잘 자라지만, 축축한 집에서는 식물이 시들고 병이 든다. 이 축축함과 촉촉함의 차이를 구분할 수 있는 능력이 필요하다. "흙이 축축한 것 말고, 촉촉하게."

흙이 건조되었는지 만져보고 확인한 다음 물 주기를 반복한다. 물을 자주 줘야 하는 식물들(대부분의 관엽식물)은 분무기로 촉촉하게 유지해 주고, 건조한 것을 좋아하는 식물들(선인장, 다육식물)은 잎에 든 수분의 느낌을 관찰하면서 물을 준다. 정제된 생수보다는 무기질이 들어 있는 수돗물이 좋고, 온도도 중요하다. 너무 차갑거나 뜨거운 물을 주는 건 식물도 싫어한다. 겨울의 밤을 지내는 식물에게 물을 준다면 너무 추워서 얼어버릴 수 있다. 겨울엔 따뜻한 낮에 물을 주고, 여름엔 시원한 밤에 물을 주는 것을 좋아한다.

TIP. 과습 하는 사람을 위한 팁 "축축함과 촉촉함의 차이"

식물에게 물을 주는 것은 빨래하는 것과 비슷하다. 우리 집은 북향이라 햇빛이 낮에 아주 잠깐 지나간다. 빨래를 널면 보송보송 마르기까지 시간이 조금 걸린다. 다른 집에서는 몇 시간이면 마를 것도 우리 집에서는 조금 더 걸린다. 환기를 시키지 않으면 눅눅하고 이상한 냄새가 나기도 한다. 이걸 식물에게 대입해 보면 쉽게 이해된다. 햇빛 잘 드는 곳에 두면 몇 시간 만에 보송보송하게 마르지만, 실내에 널어둔 빨래는 좀 더 걸리는 것과 같은 원리다. 시들었던 대부분의 식물은 흙 속 수분이 잘 마르지 않아서 뿌리가 썩은 경우가 많았다. 환기가 잘 안 되고 햇빛이 잘 안 들어서 눅눅해진 수건을 쓰고 싶은 사람은 없는 것처럼, 식물의 뿌리도 축축한 상태가 오래 지속되는 것을 싫어한다. 매번 물을 잘 주는데도 식물이 시들시들해진다면 과습으로 시들었을 확률이 높다. 식물도 보송보송하고 기분 좋은 느낌을 원한다. 햇빛이 드는 곳에 창문을 활짝 연 곳에서 빨래가 보송보송 마르듯, 그런 공간에서 촉촉하게 지내고 싶어 한다. 창문을 열고 흙 속이 축축해지지 않게 신경 써 보면 분명 달라질 것이다.

물을 줬으면 흙이 보송보송 마르게 하는 것까지가 물 주기의 마무리다.

물을 주었으면 흙이 보송보송 마르게
하는 것까지가 물 주기의 마무리!

우리 집 식물이 시든 이유

식물에 언제 물을 줘야 하는지 아는 것은 상대방의 마음을 아는 것만큼이나 어렵다. 지금 물이 필요한가? 충분한가? 흙 속에서는 대체 무슨 일이 일어나고 있는 걸까? 그간 쌓인 경험으로 예측하는 것밖에 방법이 없다. 잎이 시들시들해지고, 생기가 없는 것 같을 때 원인은 둘 중에 하나다. 물을 너무 많이 줬거나, 물 주는 시기를 놓쳤거나. 그런데 물이 부족해도 잎이 마르고 물이 과다해도 잎이 마른다. 증상은 똑같은데 원인은 다르니 정말 쉽지가 않다.

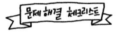

문제 해결 체크리스트

□ 물을 마지막으로 준 게 언제인지?
□ 지금 흙의 상태는 어떤지?
□ 식물을 둔 위치의 환경은 어떤지?
□ 시든 잎을 만져 봤을 때 촉감이 어떤지?

우리 집 식물이 심상치 않은 모습을 보여줄 때, 우리가 해야 할 일은 원인을 찾는 것이다. 탐정수사를 하듯 과거에 무슨 일이 있었는지를 찾아내야 한다. 마지막으로 언제 물을 줬는지, 지금 흙의 상태는 어떤지, 갑자기 햇볕에 둔 것은 아닌지,

사건의 단초가 되는 정보들을 하나하나 돌이켜 해결해 보도록 하자.

네 가지 체크리스트를 기준으로 지난날의 실수를 솔직하고 객관적으로 파악해 보면 식물이 시든 원인을 찾을 수 있다. 물을 줘야 하는지, 햇빛에 두어야 하는지, 환기를 시켜야 하는지, 분갈이를 해야 하는지 원인을 알면 처방을 내릴 수 있다.

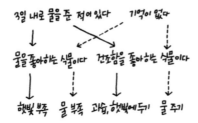

최근에 물을 준 적이 있는지 없는지를 체크하고, 내가 키우는 식물의 성격에 맞춰 원인을 찾을 수 있다. 이유 없이 시드는 식물은 없다. 대부분의 식물 킬러들이 물을 많이 줘서 죽인다. 흙 속을 관찰해 보고 축축한지, 건조한지를 체크하자. 흙이 건조하게 말라 있으면 물을 주면 되지만, 물을 줬는데도 잎이 처진다는 건 뿌리가 상해 죽어 가는 중이라는 뜻이다. 아쉽지만 방법이 없다.

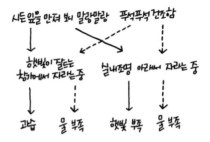

시든 잎을 만져 보면 말랑말랑하거나 푸석푸석하게 건조하거나 둘 중 하나다. 말랑말랑한 경우는 과습이라 다시 회복하기는 어렵다. 시든 잎은 잘라 내고 축축한 흙에서 뿌리를 꺼내 말려 주거나, 보송보송한 새 흙에 다시 심어 주는 것이 방법이다. 새잎이 나오기를 기다리는 것이다. 푸석푸석하게 건조한 경우는 수분 부족이다. 물을 주고 햇빛이 드는 창가에 두면 회복할 수 있다. 몸속의 에너지가 돌기 위해서는 햇빛과 수분이 함께 필요하다.

잎이 노랗게 변하는 증상은 과습이거나 햇빛 부족인 경우 중 하나다. 전체적으로 노랗게 흐릿해지면 과습이고, 하나의 잎만 색이 변하는 것은 햇빛 좀 보여 달라는 신호일 수 있다. 키운 지 몇 년이 지날 만큼 오래되었다면 영양 부족이니 분갈이를 해 주는 것이 좋다.

언젠가 큰 식물 마켓에 간 적이 있다. 식물뿐 아니라 멋진 제품들도 같이 파는 편집숍이었는데, 그곳에 진열된 식물들을 보며 생각했다. 매장엔 빛이 들어오질 않는데 어떻게 이렇게 초록초록하지? 회전율이 좋아서일까? 그런데 한곳에 아픈 식물들을 모아 둔 것을 발견했다. 햇빛이 잘 드는 곳에 쪼르르 모여 있는 식물들이 마치 병원에서 처방을 받아 치료 중인 모습 같았다. 가장 좋은 처방전은 역시 '햇빛 처방전'이다. 시간이 조금 오래 걸리긴 하지만 이만한 효과가 없다.

죽어 가는 식물을 자랑스럽게 보여 주는 일은 어렵다. 흔적 없이 조용히 수습하고, 아무 일 없었다는 듯이 빠르게 처리한다. 바싹 말라 완전히 죽은 식물을 버리는 건 차라리 괜찮다. 살아 있는 건지 죽어 있는 건지 애매모호한 상태의 식물을 쓰레기봉투에 넣는 것이 가장 힘들다. 그런 의미에서 죽어 가는 식물을 살리는 경험은 식물 초보에겐 기적 같은 일이다.

이미 시들어 버린 잎은 다시 살아나지 않는다. 죽어 가는 식물을 살리는 방법은 뿌리의 건강을 회복시키는 것뿐이다. 진짜 고수는 화분 위에 초록빛 존재가 없는데도 시간이 지나면 새잎이 나올 것을 알고 햇빛 아래에서 기다리는 사람이다. 모든 잎이 시들고 조용히 홀로 살아남은 한 줄기와 뿌리의 희망을 예리하게 알아차리는 사람이다. 이 과정은 어렵고 시간이 오래 걸린다. 하지만 천천히 아물 수 있도록 기다려 주면 예전보다 더 탄탄한 회복력을 가진 채 되살아난다. 보이지 않는 흙 속 뿌리가 단단해져서 새롭게 태어나려면 일단 햇볕을 쬐러 나가야 한다.

분갈이 할 때 알아야 할 것

식물도 사람처럼 성격이 다양하다. 특히 흙 속에 숨어 있는 뿌리의 성격을 파악하기까지는 시간이 걸린다. 분갈이에서도 가장 중요한 것은 뿌리를 최대한 건드리지 않는 것이다. 예민한 식물들은 약간의 손길만 닿아도 잎이 후드득 시들어 버린다. 그래서 뿌리 쪽 흙은 최대한 건드리지 않고 이동시켜 주는 것이 좋다.

분갈이를 하다 보면 그런 생각이 든다. 새로운 곳에서 잘 살 수 있을까. 이사 가는 기분은 어떨까. 달라진 환경에 잘 적응할 수 있을까. 아, 혹시 더 큰 집으로 이사하면 식물들도 좋아하지 않을까? 그런데 아이러니하게도 무조건 큰 곳으로 옮긴다고 해서 좋아지는 것은 아니다. 작은 뿌리가 흙 속의 수분을 빨아들이는 데는 한계가 있고, 맞지 않는 옷을 입은 것처럼 어색해진다. 그러면 식물은 시든다. 사람도 100평이 넘는 집에 혼자 산다고 해서 무조건 행복한 게 아닌 것처럼 말이다.

분갈이를 하기로 결심했다면 준비해야 할 것은 세 가지다. 식물과 지금보다 약간 더 큰 사이즈의 화분, 그리고 두 종류의 분갈이 흙이다. 모종삽이나 물 조리개 같은 장비는 나중에 사도 충분하다. 중요한 건 흙이다. 영양분이 들어 있는 고운 입자의 배양토와 굵은 모래 알갱이의 마사토가 필요하다.

분갈이를 하기 전 알아야 할 것은 두 가지다. 첫 번째는 물을 얼마나 좋아하는 식물인지 아는 것이고, 두 번째는 뿌리가 편안하게 숨 쉴 수 있는 공간을 만드는 것이다.

물을 얼마큼 좋아하는지에 따라 흙의 배합이 달라진다. 배양토는 입자가 곱고 수분을 오래 머금는 성질이 있고, 굵은 모래는 물 빠짐이 좋고 뿌리 사이의 숨 쉴 공간을 마련해 주기 때문이다. 관엽식물은 7:3, 선인장과 다육식물은 3:7의 비율로 배합하면 좋다. 정확한 비율의 정답은 없지만 왜 이런 비율로 배합하는지를 이해하면 된다.

흙을 만지고 뿌리를 꺼내는 일은 왠지 어렵게 느껴지지만 방법을 이해하고 나면 어려울 것이 전혀 없다. 배수가 잘 되도록 굵은 모래를 깔고, 아까 섞어 둔 흙으로 뿌리가 흔들리지 않게 심는다. 식물을 이해하면 방법은 너무나 간단하다. 식물은 알아서 새 흙에 잘 적응하니까 믿고 맡기면 된다. 좋고 아름다운 모습만 겉핥기식으로 알고 있다가 분갈이를 통해 내면의 숨겨진 불안과 고민을 공유하는 사이가 된 것 같은 기분이 든다. 아무 문제없이 건강해 보이는 것 같지만 뿌리를 보면 아파서 힘들어하는 것을 알게 되기도 하고, 반대로 겉으론 어딘가 비실비실해 보이는 것 같은데 속에서는 단단하게 준비하고 있는 모습을 발견하기도 한다.

화분의 크기에 따라 흙의 배합을 다르게 해 주는 것도 방법이다. 아무래도 작은 화분은 물을 흠뻑 줘도 머금고 있는 수분의 양이 적다. 대부분 어린 식물들이라 성장기에는 물을 많이 필요로 한다. 그러니 배양토의 비율을 높이는 것이 좋다. 반대로 큰 화분은 많은 양의 수분을 갖고 있을 수 있기 때문에 과습에 조심해야 한다. 집 안에서 세심하게 관리하기 어렵다면 굵은 모래의 비율을 높여서 자연스럽게 물이 마르도록 해 주는 것이다.

토분　플라스틱 화분　유리재질　DIY 재활용

어디에 심을 건지에 따라 흙의 배합 비율을 조정하는 것도 팁이다. 일회용 커피 잔에도 심어 보고, 깨진 그릇이나 유리 컵, 프린트가 예쁜 캔에도 심어 봤다. 토분은 화분 자체가 통풍이 되어서 관리하기 가장 편하고 식물도 좋아한다. 그 외에는 재질에 따라 조금씩 다르지만 대부분 물 빠짐이 좋지 않기 때문에 굵은 모래의 비율을 높이는 것이 좋다. 단, 햇빛에 따라 온도의 영향을 받는 캔 종류나 유리는 직사광선을 피해야 한다.

실내에서 멋지게 식물을 키우는 현실적인 방법

부모님 집에서 독립한 후 나의 첫 번째 집은 북향이었고, 지금 살고 있는 두 번째 집은 동북향이다. 햇빛이 잘 안 드는 곳에서 식물을 키우기 시작한 것은 어떻게 보면 나에게도 미션이었다. 농장이나 햇빛이 잘 드는 사무실에서는 어떤 식물도 잘 자랐지만, 이런 환경에서는 어떻게 대처해야 할지 실험해 보고 싶었다. 남향의 베란다를 가진 사람보다 나와 비슷한 환경에서 지내는 사람들이 더 많지 않을까 싶어 용기 내어 기록하기 시작했다. 함께했던 몇몇의 식물들은 날 떠났고, 또 몇몇은 아직도 사이좋게 지내고 있다. 그 과정에서 조금씩 알게 되는 것 같다. 식물마다 성격이 다르다는 것을.

집 안에서 식물과 함께 지내고 싶다면 한두 개의 식물을 애지중지 키우는 것보다 다양한 종류의 식물을 한꺼번에 키우는 게 훨씬 더 도움이 된다. 어떤 식물은 집에 오자마자 시들시들해지기도 하고, 또 어떤 식물은 내가 뭐 해준 것도 없는데 알아서 잘 큰다. 그 과정에서 우리 집이 어떤 식물들이 살기 좋은 환경인지 가늠하기도 하고, 각기 다른 리듬을 가진 식물들을 관찰하는 경험이 쌓일수록 식물이 지금 어떤 기분인지 알아차릴 수 있는 능력이 생기기도 한다.

실내에서 식물을 키우는 현실적인 방법은 일단, 처음 들인 식물은 무조건 가장 좋은 창가 자리로 안내하는 것이다. 그 곳에서 최소한 2주~1개월 정도 우리 집에 적응하는 시간을 만들어 준다. 결국 식물들은 시간을 먹고 자란다. 우리와 다를 게 없다. 아주 조금씩 꾸준하게 적응하는 시간이 식물을 튼튼하게 만들어 준다. 그리고 사실 햇빛이 얼마나 잘 드는지보다 매일 창문을 열고 얼마나 환기를 자주 시키는지가 더 중요하다. 창문이 꼭 닫힌 집 안에 하루 종일 있으면 어떤 생명체라도 답답하게 느낄 것이다. 매일의 규칙적인 루틴이 있는 집에서 식물들은 잘 자란다.

햇빛이 들지 않는 위치에 식물을 두고 싶을 때도 있다. 그럴 땐 식물용 전구와 함께 배치하는 것을 추천한다. (일반 실내 조명과 다르다. 식물이 생장할 수 있는 빛의 파장을 가진 전구여야 한다.) 잠깐 며칠 동안은 괜찮지만 몇 달간 햇빛 없는 곳에서 지낸다는 것은 '아, 여기는 자랄 곳이 못되는군.' 하며 식물의 성장이 멈춘다는 뜻이다. 확실히 집 안에 식물이 있으면 생기 넘치는 분위기가 생긴다. 인테리어 요소로서 역할을 톡톡히 하지만, 진짜 인테리어 소품으로 취급하면 우리 집에서 한철만 살다 조용히 떠날 것이다. 잡지에서 볼 법한, 인스타그래머블한 사진 속의 식물은 대부분 연출이다. 햇빛이 전혀 들지 않는 곳에서 초록빛 생기를 내뿜고 있는 식물들은 잠깐 모델 포즈를 하고 있는 것과 같다. 우리 집 식물들도 평소에는 비좁은 창가에 다닥다닥 붙어 있다가 손님이 오거나 집에 있는 시간이 길어서 가까이 놓고 보고 싶을 때 가끔씩 연출하는 장면이다.

선인장에게 배우는 함께 사는 것의 의미

작고 귀여운 선인장 하나를 방 안에 두고 키우기 시작했다. 이름은 귀면각 선인장. 내가 아는 보통의 선인장들은 거의 변화가 없고 아주 천천히 자라는데, 우리 집에 온 이 아기 선인장은 조금 달랐다. 때마침 봄이 와서 폭풍 성장을 준비하고 있던 때에 내게 온 것이다. 운이 좋았다. 6월이 되자 키가 훌쩍 컸다. 성장기 청소년처럼 온몸의 살집이 모두 키로만 가서 홀쭉해졌다. 햇빛이 부족해서 웃자라는 건가? 아니면 죽어가는 건가? 키만 훌쩍 커서 아슬아슬해 보이는 게 걱정됐다. 아니 솔직히 말하면 너무 못생겨졌다. 물을 주면 통통해질까 싶어 하루 동안 저면 관수로 물에 담가 두었더니 홀쭉한 몸 사이사이로 오돌토돌하게 무언가 하나둘씩 나오기 시작했다. 그리고 알게 되었다. 왜 잠시 못생겨졌는지. 새로운 아기 선인장들을 나오게 하기 위해 자리를 넉넉히 만들어 놓아야 했기 때문이다. 얼마 전까지만 해도 조그만 아기 선인장이었는데 몇 달 사이에 대가족을 품은 어른 선인장이 되었다.

혼자 있으면 편한데 왜 식물들은 에너지를 써 가며 힘들게 가족을 만들까? 식물과 동물을 비교했을 때 확연히 다른 점은 바로 몸의 구조가 레고처럼 모듈(Modularity)로 구성되어 있다는 것이다. 레고 블록처럼 반복되는 모듈(뿌리, 잎, 줄기, 가지)로 구성되어 있기 때문에 어느 한 부분을 잃어도 죽지 않고 살아간다. 그래서 반복되는 모듈을 더 많이 만드는 것이다. 조그만 레고 블록이 점점 많이 모이면 튼튼한 집도 만들 수 있듯이 말이다. 가지치기를 하면 더 많은 가지가 나오는 것처럼, 어떨 땐 일부분을 잃는 것이 몸을 더 크게 만드는 데 효과적이기도 하다. 그래서 어떤 식물은 몸의 90~95%를 잃어도 생명에 지장이 없다. '한 마리의 동물'보다는 '벌떼나 개미 떼와 같은 군집'으로 묘사하는 것이 식물에 더 적합하다. 혼자가 아니라 여럿이 군집을 이루어 집단지성을 발휘하는 것 같은 아주 전략적인 방법을 선택한 것이다.

알버트 아인슈타인은 "자연을 깊이 들여다보면 모든 것을 더 잘 이해할 수 있을 것이다."라고 말했다. 그가 말했듯 자연을 유심히 관찰하면 우리 스스로 삶을 어떻게 살아야 할지 좋은 힌트를 얻을 수 있다. 작은 화분에서 자라는 식물만 봐도 알 수 있다. 바뀐 환경에 어떻게 적응하는지, 아픈 이유는 무엇인지, 새로운 것은 어떻게 나오는지, 어떻게 성장하는지와 같은 작고 느린 변화들을 보며 내 인생과 크게 다르지 않다는 생각을 한다. 앞으로 어떻게 자랄지, 어떤 역경이 닥칠지, 언제 끝날지 모르지만 꼼수 같은 건 안 통하니까 가던 길 마저 가라고 하는 것 같다. 빠르고 효과적인 방법 같은 건 없다고.

하나의 아기 선인장이 더 많은 가족을 늘리려고 하는 이 짧고도 긴 시간은 최소한 두 계절은 묵묵히 견뎌야 한다. 함께하기 위한 과정에서 비록 못생겨지고 힘도 들지만, 선인장이 혼자보다 함께하는 걸 선택한 이유는 함께여야 잘 살 수 있기 때문일까. 뭐가 되었든 상관없다. 지금 내 선인장은 그때 그 상태에서 멈춰 있다. 더 크게 자랄 것인가, 여기서 멈출 것인가. 그다음 액션으로 무엇을 택할 것인지 정해야 하는 시기다.

매력적이지 않은 공간을 바꿀 수 없다면

나는 예전에 공간 디자이너로 일을 했었다. 원하던 전공에 그 전공으로 취업까지 했으니 일찌감치 나의 길을 찾은 것에 주저 없이 감사해하며 계속 걸어 왔다. 그러다 문득 이제 이 일을 그만하고 싶다는 생각이 들었다. 근무 시간을 훌쩍 초과해 가며 설계해서 만들어진 공간이 하나둘씩 쌓일 때마다 뿌듯했지만 그게 다였다. 큰돈을 써 가며 만들어진 공간을 보다가 내 방을 보았을 때의 괴리감이 너무 컸다. 그다지 만족감을 주지 않는 공간에서 시간을 보내는 디자이너가 좋은 공간을 만들 수 있을까? 돈을 써서 인테리어를 싹 갈아엎고 나면 마음이 달라질까? 대체 좋은 공간은 뭐고, 나는 어떤 공간에서 살고 싶은 거지? 뭔가 빠뜨린 것 같은 느낌이 들었다.

내가 생각하는 공간 디자인의 기본은 사람의 성격과 취향을 반영하는 동시에 이전보다 더 나은 생활을 할 수 있게 만드는 것이다. 지금까지는 이런저런 비슷한 패턴으로 살았지만 이제부터는 새로운 아이디어를 시도해 보며 살기로 했다. 그런데 딱히 맘에 드는 집 구조도 아니고 컨디션도 좋지 않다면 어떻게 해야 할까. 모두가 새로 집을 짓거나 원하는 집을 구할 수 없는데 말이다. 나는 집에 큰돈을 쓰는 것이 아닌

다른 해결책을 찾고 싶었다.

삼각형 모양으로 삐뚤게 생긴 7평 원룸이 나의 첫 독립 공간이었다. 매력적이지 않은 공간일수록 디자인으로 해결하는 것이 중요하다고 생각했다. 무엇으로 비우고 채울 것인지 먼저 고민했다. 비우는 것은 어렵지 않았다. 그런데 어떻게 채우지? 내 스타일이 대체 뭐지? 나의 스타일이라는 게 있나? 이케아를 가고, 가구 쇼룸을 보고, 레퍼런스 이미지들을 보면 볼수록 아무래도 다 내 취향인 것 같았다. 그냥 좋아 보이면 다 내 스타일인 건지 헷갈렸다. 그럼에도 굳이 하나를 꼽자면 커다란 테이블과 디자인이 다른 의자 2~3개를 두고, 뒤쪽엔 책과 소품들로 채워진 5단 선반이 있으면 좋겠다고 생각했다. 거기에 두 칸 정도는 아무것도 안 넣는 게 더 예쁠 것 같고(수납은 어디에 하지?). 잘 꾸며진 비싼 공간이 점점 눈에 띄면서 이것도 내 취향 저것도 내 취향이 되고 있었다. 그렇다면 이 작은 집에서 내 스타일을 표현할 수 있는 방법은 정녕 없단 말인가.

나는 핀터레스트에 담아둔 멋진 공간들을 다시 한 번 꼼꼼하게 살피기 시작했다. 작은 공간과 넉넉하지 않은 지갑에도 한줄기 가능성이 있는 아이디어를 찾아서. 그렇게 찾은 레퍼런스 이미지들에는 공통점이 있었는데, 조명과 식물을 기가 막히게 배치했다는 것이었다. 지은 지 얼마 안 된 새집이든, 낡고 오래된 집이든, 평범한 가구로 채워진 집이든 조명이 공간의 분위기를 결정했고, 한낮의 햇살이 만든 분위기를 이기는 집은 없었다. 거기에 초록빛 생명체가 함께하면 완벽하게 살아 있는 집이 되는 듯했다.

북향집이지만 조심스럽게 식물을 하나둘씩 들였다. 창문에 햇빛이 들어오는 양이 부족해서 다양한 식물을 들이진 못했다. 기적처럼 하루 20분 정도는 쨍한 빛이 들어왔는데, 확인해 보니 건너편 남향 아파트의 베란다 유리창에서 반사된 빛이었다. 영화 〈마담 프루스트의 비밀정원〉처럼 집 천장에 거울이라도 달아야 할 판이었다. 7평 남짓한 공간에서 열댓 개의 식물과 함께 살아 보니 인테리어로서의 역할뿐만 아니라 좋은 점이 실제로도 많았다. 아무래도 살아 있는 생명체가 있으니 창문도 자주 열어 환기를 시키고, 건조하지 않게 하는 등 신경을 썼다. 식물을 위해 한 행동들은 나의 건강에도 좋았다. 특히 주말에 늦잠을 자고 눈을 떴을 때 조명 대신 햇볕을 쬐고 있는 식물들을 보는 것만으로도 기분이 좋았다. 새잎이 나오는 모습을 보면서 여기가 살 만한 공간임을 검증받은 느낌이 들었다. 비싼 가구 하나를 들이는 것보다 우리집에 딱 맞는 식물이 훨씬 더 좋은 공간을 만들어 준다는 것이 입증되는 순간이었다.

식물이 있는 집에서 내가 얻은 건 신선한 공기도 아니고 예쁜 꽃도 아니었다. 이제 내가 식물과 함께 지낼 수 있는 인간이 되었다는 점이다. 나중에 알게 된 사실이지만 나는 정말로 나의 인간관계 수만큼의 식물을 키우고 있었다. 새롭게 알게 된 사람이 나의 가까운 영역에 들어와 자리를 잡는 일은 흔치 않다. 그만큼 내가 상대에게 쏟을 수 있는 에너지가 한정적이기 때문이다. 그럼에도 다양한 사람들을 만나고 나면 한층 더 경험이 풍부해지는 것처럼, 여러 식물을 키우며 나의 관계도 조금씩 늘어나는 것 같다.

식물이 있는 집에서 시간을 보내면서 무엇이 좋은 공간을 만드는지 배웠다. 그다지 아름답지 않은 공간에서 오랜 시간을 보내야 한다면 식물을 하나 들일 것을 추천한다. 살아 있는 식물이 주는 분위기를 따라잡을 만한 것이 없다. 모든 식물에는 저마다 독특한 매력의 분위기가 스며들어 있다. 좋은 공간이라는 생각이 드는 곳에서 왜 그곳이 좋다고 느껴지는지 이유를 찾다 보면 알게 된다. 비싼 가구가 있어서도 아니고, 인테리어를 새로 해서도 아니다. 그곳에 사는 사람과 살아 있는 에너지가 만들어 내는 분위기 때문이다. 예전의 나는 "환경이 바뀌면 사람도 바뀐다."는 말을 좋아했다. 내가 있던 세계에서 '좋은 공간'을 정의할 때 쓰는 말 중 하나였는데, 지금은 철학자 에픽테토스의 이 말을 더 좋아한다. "환경이 사람을 만드는 게 아니다. 환경은 그가 어떤 사람인지 드러낼 뿐이다."

이제 나도 식물이랑 잘 지낼수 있다!

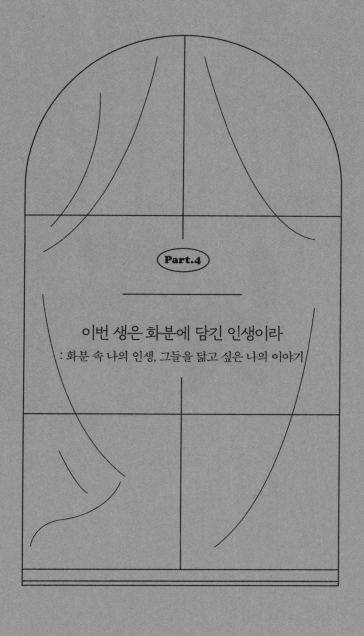

Part.4

이번 생은 화분에 담긴 인생이라

: 화분 속 나의 인생, 그들을 닮고 싶은 나의 이야기

사람들이 가지 않는 길

"어디 살아요?"

"동천역이요."

"동천역? 그게 어디에요?"

나의 첫 번째 집은 분당과 용인이 서로 인사하는 곳이었다. '안녕히 가세요. – 성남시 분당구' 표지판을 보며 퇴근하면, '어서 오세요. – 용인시 수지구'의 표지판이 바로 보인다. 어디 사냐는 질문을 받을 때마다 추가 설명을 해야 하는 게 조금 귀찮긴 하지만 조용하고 살기 좋은 동네였다. 걸어서 38분이면 회사에 갈 수 있다. 버스를 타면 28분 걸린다. 총 다섯 정거장만 가면 되는데 지역의 끝과 끝이라 용인에서 한 번, 성남에서 한 번, 버스를 갈아타야 한다. 날씨가 좋거나 몸에 살이 좀 붙은 것 같은 날엔 걸어서 퇴근한다. 이렇게 두 지역을 잇는 길을 걸을 땐 바닥을 잘 살펴야 한다. 사람이 잘 다니지 않기도 하고, 이름 모를 식물들이 비집고 나와서 보도블록이 아주 엉망이기 때문이다. 어디에 뿌리를 내린 건지 모르겠지만 배수구를 뚫고 나와 내 무릎 높이까지 자란 식물도 본 적이 있다. 힘들게 어둠을 뚫고 세상에 나왔는데 배수구라니, 짠하다.

그중 가장 흔히 볼 수 있는 식물은 민들레다. 어마어마하게 많다. 만약 민들레가 까다롭게 아무데서나 자라지 못하고 희귀하다면 사람들은 비싼 돈을 내고서라도 살 것이다. 원래 희귀한 건 비싸고, 사고 싶어지는 법이니까. 내가 지나가는 고가도로 밑에 있는 넓은 들판은 민들레 천지다. 쌩쌩 달리는 차들 덕분에 민들레 씨앗이 더 넓은 영역을 접수한 듯했다. 민들레가 쫙 깔린 부분만 확대해서 찍으면 핫플레이스에 다녀온 것 같은 사진을 남길 수 있다. 노란 꽃이 만발한 며칠 뒤에는 언제 그랬냐는 듯 몽땅 사라져 있다. 조경관리사가 기계로 쓸어버리는 것이다. 하지만 매년 잘도 핀다. 도움 따위는 필요 없고, 아무리 못살게 굴어도 다시 살아나서 꽃을 피운다.

사람들이 가지 않는 길에는 이유가 있다. 걸어갈 만한 곳이 아니든지, 중요한 곳이 아니든지, 더 효율적인 길이 있다든지. 이유는 많다. 그리고 사람들이 찾지 않으면 잊히고 버려진다. 2년 사이에 내가 타던 버스 두 대는 "수요 부족과 경영악화로 노선을 폐지합니다."라는 안내를 끝으로 없어지기까지 했다. 이렇게 사연이 있는 길을 걷는다.

그 길을 걸으면서 생각한다. 민들레처럼 살아야겠다. 어떻게 보면 제멋대로 사는 삶. 매년 짓밟히고 뭉개져도 죽지 않고 살아나는 삶. 불확실한 길을 가는 것 같을 때마다 불안하지만, 위로가 되는 사실이 하나 있다. 지금은 사람들이 찾지 않더라도 계속 걷다 보면 엉성하게나마 자국이 남는다는 것. 내가 만들어 낸 무언가를 잡초가 아닌 꽃으로 봐 주는 사람도 나타난다는 것. 그런 사람들이 있어서 힘을 얻고, 또 그 힘을 얻어서 더 많은 사람에게 꽃으로 보일 수 있다.

자연에서 얻은 영감을 나에게 비추어 보며 깨닫는 생각들은 살아가는 데 도움이 된다. 진리에 가까운 편이다. 민들레뿐 아니라 모든 식물의 일생은 우리의 삶과 비슷하다는 걸 느낀다. 뿌리가 나고 잎이 자라지만 아무도 어떻게 그러는 건지, 왜 그러는지 잘 모른다. 우리는 모두 씨앗으로 태어난다. 언젠가는 죽고, 설령 어떤 봄에 꽃을 피우지 못했다고 해도 꽃은 꽃이다, 라는 사실은 변함없다. 꼼수는 통하지 않는다. 어디에 뿌리를 내렸든지 그저 해야 할 일을 하는 것뿐이다. 그저 각자 자기의 인생을 산다.

민들레는 자기 삶을 살고, 나는 내 삶을 산다.

두 사람이 만든 열매의 맛

나는 내가 결혼하게 될 줄 몰랐다. 비혼 주의자는 아니었지만 그렇다고 결혼을 긍정적으로 보는 사람도 아니었다. 결혼이란 단지 보기 좋게 꾸며진 제도 같았다. 누가 만들었는지 모르겠지만 한 사람이 다른 한 사람을 사랑하는 데 있어 결혼은 썩 중요해 보이지 않는다. 행복해 보이는 커플을 보는 것만으로 몸에 알레르기가 날 것 같은 시기가 있었다. 말없이 식탁에서 밥을 먹고 있는 저 60대 부부에게도 달달한 시절이 있었을까, 같이 30년을 넘게 살면 다 저렇게 되는 걸까, 무엇이 그들을 묶어 놓는 걸까, 혹시 날 낳은 걸 후회하고 있는 건 아닐까. 그런 생각을 하다 보면 사랑을 찬양하는 커플들이 다 가짜처럼 느껴졌다. 잠깐 뭐에 썬 게 분명하다.

나에게 있어 사랑이라는 감정은 아무 이유 없이 날 최고로 좋아해 주는 7살 조카에게 받는 것이나 처음으로 긴 여행을 떠난 곳에서 휴대폰 너머로 들리는 부모님의 보고 싶다는 말 같은 것들이다. 내가 빛날 때나 꼬질꼬질할 때나 크게 관계없이 옆에 있어 주는 사람들이 나에게는 진짜다. 하지만 연애할 때는 사랑의 모양이 조금 다르게 표현된다. 좋은 모습만 보여 주기 위해 말끔하게 옷을 입고, 화장을 하고, 아파도 너무 못나 보이지 않게 피부 톤과 입술 색에 신경을 쓴다. 구질구질한 나의 성격을 보여 주는 것도 싫고, 그걸 설명해야 하는 것도 귀찮아서 그냥 좋아 보이는 척한다. 그렇게 만든 연애의 결실은 겉으로 보기엔 괜찮아도 사실은 아무 맛이 나지 않는 열매로 완성되어 끝났다.

> "좋은 직장을 얻기 위해서는 나의 가장 완벽한 모습을 보여 줘야 한다.
> 사랑을 얻기 위해서는 나의 불완전함까지도 보여 줄 수 있어야 한다."

그러다 〈뉴욕타임즈〉 연애 칼럼에서 이 문장을 만났다. (뉴욕타임즈에서 연애 글이나 읽고 있다니.) 어쨌든 나는 이 문장을 읽고 나서 조금 달라졌다. 이전과는 다른 방식으로 연애를 해 보기로 마음먹었는데 좋아 보이는 척하지 않고, 어렵고 불안하면 그 감정을 있는 그대로 이야기했다. 아주 가까운 사람들에게만 털어놓는 속마음을 이야기하면 상대의 반응은 둘 중 하나였다. 천천히 선을 긋거나 그 안으로 들어오거나.

누군가의 아주 사적인 영역에 진입했다는 것은 서로의 불완전함을 이해하고 온전히 받아들이는 것을 의미한다. 마치 코알라와 유칼립투스의 관계 같다. 유칼립투스 향은 비염에 효과가 있을 만큼 시원하고 향긋하지만, 독성이 있어 먹지 못하는 식물이다. 앞서 설명했다시피 오직 코알라만이 유칼립투스를 먹고 소화할 수 있다. 빠르게 사냥하거나 부지런히 돌아다닐 필요가 없으니 코알라는 치열한 경쟁 없는 블루오션에 진입한 셈이다. 최고의 전략이다. 대신 영양가는 별로 없으면서 독이 있는 식물을 소화하기 위해 20시간씩 자야 한다. 그렇게 서로의 단점을 인정하고 소화하는 관계로 진입하는 것이다.

> "월급 많이 주는 회사도 아니고, 우리는 아직 적자예요.
> 그래서 기대와 불안을 함께 나누는 시간을 가져요."

몇 년 전 퍼블리(PUBLY)의 박소령 대표가 독립서점에서 강연을 했다. 팀플레이를 잘하는 방법이 있냐는 청중의 질문에 대한 답이었다. 기대와 불안을 함께 나눈다는 대답이 계속 기억 속에 남아 있다. 누가 봐도 잘나가는 것 같았는데 전혀 예상치 못했던 솔직한 대답이었다. 역시 솔직한 게 멋지다. 누군가 자신의 불안함을 솔직하게 말할 때 더 마음이 가고 공감된다. 갑자기 공기가 무거워지기도 하지만 그만큼 밀도 있는 관계를 만들 수 있는 기회다. 결혼도 일종의 팀플레이라고 생각하니 해 볼 만하겠다는 생각이 든다. 잘나갈 때도 있고, 일이 잘 안 풀릴 때도 있고, 인생이 어떻게 흘러갈지는 아무도 모르지만 기대와 불안을 나눌 수 있는 팀플레이를 믿고 가도 괜찮지 않을까. 우리가 만들어 낸 열매가 찌그러진 모습이라 해도 상관없다. 있어 보이게 감싸 놓은 포장재는 5초면 싹 벗겨진다. 아무 맛도 안 나는 열매보다는 쓴맛이든, 단맛이든, 신맛이든, 고약한 맛이든 뭐라도 맛이 나는게 더 낫다.

누군가의 아주 사적인 영역에 진입했다는 것은
서로의 불완전함을 이해하고
온전히 받아들이는 것을 의미한다.

대체 뭘 원하는지 속을 알 수 없다니까

극한의 상황에서 리더십을 발휘하는 사람은 선인장을 닮았다. 뭐든 할 거 같았는데 금세 사라지고 없는 민들레 같은 사람도 있고, 적응력이 뛰어나 성과를 잘 내는 화려한 꽃 같은 사람도 있다.

"우리 팀장님은 진짜 모르겠어. 뭘 원하는지 속을 알 수 없다니까."

이직한 지 얼마 안 된 친구의 고민이었다. 같이 일해야 하는 사람, 그것도 위에 계신 분이 미스터리한 인물이라면 그것만큼 힘든 일도 없을 거다. 사람 마음을 이해하는 것만큼 어려운 게 또 있을까. 다 안다고 생각했는데 아닌 게 더 많다. 그런데 생각해 보니 남 얘기 같지가 않다. 낯설지 않은 저 가시 돋친 말, 왠지 귀가 가렵다.

처음 디자이너로 일한 지 3년째 되는 해에 나는 상사에게 이런 말을 들었다. "3년을 봤는데도 널 모르겠다." 원래 내 성격대로라면 절대 기억 못 할 일이지만 일기장에 한 줄 기록되어 있어서 기억이 났다. 그날이 꽤나 인상적이었나 보다. 저 사람이라면 당연히 그렇게 행동할 거야, 라고 예측했지만 다른 행동을 할 때 우리는 충격을 받는다. *갑자기 왜 저래?*

인간만큼이나 예측하기 힘든 중저가 로봇 청소기처럼 나는 왔다 갔다 했다. '이 길이 맞는 것 같은데, 아니야 아닌 것 같아, 죽을 것 같다고!' 그대로 직진하면 딱 좋겠는데 갑자기 유턴해서 닦은 곳 또 닦는 저 로봇 청소기에게 무슨 꿍꿍이가 있을 리 없다. 그냥 내가 가는 길이 헷갈렸던 것이고, 내가 내 마음을 잘 몰랐던 것이다. 내가 있을 곳이 화분인지, 뒷산인지, 어딘지 모를 뿐이었다.

"그 팀장님, 야생화 닮았다."

친구의 고충을 듣다 보니 그런 생각이 들었다. 나에게 뭘 기대하는지 알 수 없고, 내가 준비한 것은 그다지 성에 안 차는, 그런 들꽃 같았다. 자유롭게 길가에 핀 들꽃을 뿌리째 들어다가 화분에 심어 놓고 잘 자라길 바라는 것 같다고나 할까. 들꽃은 우리에게 정확하게 뭘 원하는지 말을 하지 않는다. 그래서 상대는 밑 빠진 독에 물 붓는 것처럼 일하게 되고, 결국 서로 실망하는 사이가 되는 건 시간문제다. 야생화 같은 사람이라면 분명 평범한 것을 싫어할 것이다. 좁은 화분이 어울리지 않듯이, 틀에 갇히는 것을 피하려고 애쓸 것이 분명하다. 그럼 이제 어떡하냐고? 내가 야생화 같은 사람과 함께 뭔가를 해야 한다면, 일단 근처에 자리를 잡을 것이다. 일단 밖에 나가서 비도 좀 맞아 보고 해야지 뭐, 별다른 방법이 없다. 뿌리가 부딪히지 않게 약간의 거리를 두면서 바깥공기를 쐬다 보면 건물 안에 있을 땐 생각도 안 해 봤던 문제들이 불쑥 올라오지 않을까.

다양한 사람들이 있어서 세상이 아름답고 살 만하다던데 다른 사람과 잘 지내는 것은 어찌나 어려운지 모르겠다. 일단 체력 소모가 굉장히 심하다. 별거 아닌 일도 안 맞는 사람과 일하면 기가 빠진다. 살면서 만나지 않았으면 하는 사람들은 대부분 회사에서 만나게 될 거라고 하던데 맞는 말인 것 같다. 반대로 누군가에게 내가 그런 존재가 될 수 있다고 생각하니 오싹하다. 나는 같이 일하기 좋은 사람일까? 좋은 사람이고 싶지만 모두에게 좋은 사람은 그 누구에게도 좋은 사람이 아닐 거다. 결국엔 나 편하자고 상대를 간파하려는 마음은 어디에도 쓸모없다는 사실만 깨닫는다.

같이 일하고 싶은 좋은 사람들만 선택하고 싶다는 생각을 한다. 그리고 항상 예상치 못한 곳에서 조언을 얻는다. 조카의 동화책을 읽다가 발견한 뜨끔한 문장. "다른 사람들도 너를 선택한 걸까요?"

문제를 찾아라

나는 디자이너다. 일러스트레이터이기도 하다. 두 가지 일을
하다 보면 일하는 방식이 확실히 다르다는 것을 느낀다. 디
자이너로서는 주로 상대방의 이야기를 들어 준다면 일러스
트레이터일 땐 내가 하고 싶은 이야기를 꺼낸다. 둘 다 재밌
지만 아무래도 일러스트레이터일 때가 더 자유롭게 느껴진
다. 열심히 번 돈으로 땅을 사고 집을 지은 사람이 공간 디자
인을 의뢰했는데 오직 디자이너의 취향대로 꾸며졌다면 기
분이 어떨까. 더 좋은 계획을 제안하고 설득하는 일도 디자
이너가 하는 일이지만, 가장 먼저 해야 하는 것은 그 집에
사는 사람의 이야기를 들어 주는 일이다. 상업 공간일 경우
방문객들에게 보여 주고 싶은 것, 일부러 찾아오고 싶도록
만드는 게 무엇인지 이야기해야 한다. 실제 공간이든 온라인
공간이든 똑같다. 무엇을 원하는지, 무엇이 필요한지 잘 듣고
캐치해야 한다. 덕분에 나는 사람들의 이야기를 듣는 데 최
적화된 귀를 갖게 되었다. 그리고 자신조차 뭘 원하는지 모
르는 그것을 관찰하고 찾아내는 눈을 갖게 되었다.

"이거 디자인해 주세요."라는 작업 요청이 들어오면 나는 늘
두 가지 사이에서 고민한다. 잘 듣는 것과 내 목소리를 내는

것, 그 사이의 밸런스를 맞추는 게 어렵다. 요구사항을 다 들어줄 것인가, 새로운 아이디어를 낼 것인가. 디자이너들이 시안을 두세 가지로 제안하는 것도 그 이유다. 요구사항을 최대치로 넣은 것 하나, 새롭게 제안하는 것 하나, 이 두 가지를 적절히 조합한 것 하나. 최악은 그 누구의 이야기도 아닌 트렌드만 쫓아 만들어진 어정쩡한 것이다. 가끔씩 더 좋은 아이디어를 내기 위해 아무리 집중해도 잘 안 될 때가 있다. 대체 왜 이런 걸 하고 있나 싶을 때. 세 가지 시안을 만들었어도 마음에 딱 들지 않고 뭐 하나 선택하기 어려울 때. 사실 이런 애매한 프로젝트들에는 공통점이 있다. 뭐가 문제인지를 모른다는 것. 문제를 모르면 해결도 할 수 없다.

> "당신의 일은 나무와 같다. 그 뿌리는 꿈과 욕망이라는 흙 속에서 살아간다. 모두의 꿈과 욕망이 아니라 당신이 섬기고자 하는 사람들의 꿈과 욕망 말이다."
>
> _ 세스 고딘

문제는 늘 보이지 않는 곳에 숨어 있다. 무엇이 문제인지 찾고, 왜 문제인지를 이해하고, 해결할 방법을 제안하는 것은 우리가 해야 하는 일 중 가장 어렵고도 중요한 과정이다. 흙 속에 묻힌 뿌리엔 비밀이 숨겨져 있다. 겉보기엔 멀쩡해도 흙에서 꺼내면 속이 썩고 있는 뿌리도 있고, 죽어 가는 줄 알았는데 다시 살아나고 있는 뿌리도 있다. 어떤 나무인지보다 건강한 뿌리를 갖고 있는지가 더 중요해진다.

성과를 빨리 내고 싶어서 그저 보기 좋게 만든 일들은 금방 시든다. 시간이 조금 걸리더라도 흙 속에 숨어 있는 문제를 찾는 것이 중요하다. 느리고 단단한 시간을 보낸 식물은 성장할 때 실제로 더 튼튼하고 크게 자란다. 누군가의 나무가 멋져 보일 때, 그것은 오랜 시간에 걸쳐 해낸 것이라는 것을 안다. 쉽게 가고 싶은 마음이 들면 숲을 떠올린다. 똑같은 나무만 있는 숲보다는 다양한 나무가 자라는 숲이 더 멋지다. 각자 피는 시기가 달라서 늘 아름다운 이유다.

누군가의 나무가 멋져 보일 때, 그것은
오랜 시간에 걸쳐 해낸 것이라는 것을 안다.

작은 존재의 위대함

조카(여덟)와 나(서른셋)의 관계는 나이를 초월한 친구에 더 가깝다. 차이라고 한다면 내가 좀 더 키가 크고 돈이 있는 정도뿐이랄까. 막역하게 지내다가 편의점에 가면 대뜸 돈 있냐며 삥을 뜯는 내 친구다.

새해가 되었다. 바로 한 살 먹는 걸 기대한 듯 신난 조카가 말했다. "고모, 나 오늘부터 여덟 살이야!" 그러다 갑자기 정색하며 진지하게 말했다. "아니, 근데 아직은 뭔가 일곱 살 같아, 일곱 살 키 같아." 말하면서 자기 몸을 훑어보는 것이 정말 귀여웠다. 그래, 나도 서른셋이라는 게 믿기지가 않는다.

우리는 가끔 이런 대화도 한다.
"난 어른 되면 아기 안 낳을 거야." 여덟이 말했다.
"왜? 이유가 뭐야?" 서른셋은 여덟의 생각이 궁금했다.
그때 같이 식탁에 앉아 있던 육십이 끼어든다. 더 이상 이런 주제로 대화하는 건 곤란하다는 듯 딸기나 먹으라고 썰어 건넨다. 갑자기 궁금해졌다. 한 번도 엄마와 이런 대화를 해 본 적이 없었기 때문이다. 서른셋은 육십에게 묻는다. "엄마는 나 낳은 걸 후회한 적 없어?" 몇 초의 망설임이 있었지만 그는 바로 대답했다.

"없지, 당연히."
"안 낳았으면 하고 싶은 거 할 수도 있었잖아."
"난 재능이 없었어."
"뭐야 그게……."

재능이 없었다는 엄마의 말에 뭐라고 답해야 할지 모르겠다. 엄마에게 결혼 생활은 어떤 의미일까. 나는 어떤 결혼 생활을 하게 될까. 그리고 조카는 또 어떤 삶을 살게 될까. 어렵다. "그거 알아? 누가 딸기 씨를 세어 봤는데 딸기 하나에 씨가 400개 정도 된대." 식탁 위의 딸기를 먹으며 대화 주제를 전환했다. "오, 그래?" 잠깐의 놀라움을 뒤로하고 대화는 흐지부지 끝났다. 포크에 찍은 딸기를 천천히 살펴본다. 딸기 하나에서 씨앗을 하나씩 골라낸 사람도 대단했지만, 그 씨앗으로 딸기를 키운 사람은 더 놀랍다. 딸기의 삶을 잘 아는 사람은 아무도 모르는 세상의 비밀을 아는 것만 같다.

나는 딸기의 삶을 모른다. 그 씨앗이 가지고 있는 비밀도 모른다. 하지만 엄마는 그게 뭔지 알고 있을지도 모른다. 달갑지 않은 변화일 수도 있고, 무언가 새로 시작할 수 있게 하는 일일 수도 있다. 예전에 아보카도 씨앗에 도전해 본 적이 있다. 손가락으로 집기도 힘든 작은 딸기 씨앗보다 큼직한 알

사탕 같은 아보카도 씨앗이 키우기 쉬워 보였다. 결과는 대실패. 얄팍하게 알고 있는 나의 지식으로는 어림도 없다는 듯 뿌리가 나지 않았다. 나중에 알았지만 아보카도를 키우기 위해서는 일단 먹고 나서 남아 있는 과육을 깨끗이 씻어 내야 한다. 아보카도 씨앗은 볼록한 부분이 위쪽이고 평평한 부분이 아래쪽이다. 평평한 아래쪽을 물에 담가 두어야 뿌리가 나온다. 그다음에는 볼록한 부분을 위로 하여 씨앗의 절반 정도만 노출되게끔 흙에 심어 준다. 아보카도 씨앗은 물을 좋아해서 흙은 항상 촉촉하게 유지해야 한다. 나는 반쯤 물에 담가 놓은 아보카도 씨앗이 언제쯤 갈라져서 뿌리가 나올지 매일매일 지켜보며 의심했다. 그런데 과육을 깨끗이 씻지 않아서 곰팡이가 생겼다. 대충 이 정도면 될 거라고 생각했던 것부터 문제였다. 아니, 사실은 될 거라는 희망도 없이 시작했다는 것이 더 정확할지 모른다.

절망 속에서도 희망을 싹틔우는 사람들이 있다. 나는 조카가 태어나고 자라는 걸 보면서 작은 인간 하나가 여러 인간들을 변화시키는 걸 눈으로 확인했다. 아빠에게서 한 번도 들어보지 못한 애교 섞인 목소리를 들었을 때나, 매일 똑같았던 일상이 문득 아름답게 보이는 일이나, 같이 있기만 해도 미소가 끊이지 않는 저녁 시간이 그랬다. 작은 인간은 위대했다. 다른 사람에게 행복함을 묻히는 사람이 가까이 있으면 정말 행복해진다. 앞으로의 날들이 기대되고 잘 살고 싶어진다. 책《알랭 드 보통의 아름다움과 행복의 예술》에서 작가는 이렇게 말했다.

"사람의 운명은 재능 부족이 아니라 희망의 부재로 결정 된다."

생일을 맞이한 여덟이 초콜릿 딸기케이크에 꽂은 초 여덟 개 를 후- 불었다. 레고 선물과 생일 축하 노래를 받으며 볼이 빵빵해질 만큼 웃고 있는 여덟은 행복의 최고조를 맛본 것 같은 표정으로 이렇게 말했다. "나 내년에도 이렇게 생일 해 줘!" 마치 이보다 더 좋을 순 없다는 듯이. 희망을 품은 씨앗 같은 사람이 내 옆에 있다.

다른 사람에게 행복함을 묻는 사람이
가까이 있으면 정말 행복해진다.
앞으로의 날들이 기대되고 잘 살고 싶어진다.

딱 요만큼의 인간관계

지금 우리 집에는 화분이 딱 14개가 있다.* 회사에서 키우는 것을 제외하고 집에서만 키우는 식물의 개수다. '식물 책을 쓰는 사람 집에 고작 이것뿐이라고?'라고 할지도 모르겠다. 내가 키우는 화분 수의 적정량에 대해 생각해 본 적이 있는데 신기한 점을 발견했다. 딱 나의 인간관계 사이즈와 비슷하다는 점이다. 자주 보는 편은 아니지만 어제 만난 사람처럼 지금 바로 메시지를 주고받는 게 어색하지 않은 정도로 관계를 유지하는 사람들이다. 나는 친구가 많지 않다. 많은 게 좋다고 생각하지도 않지만. 내가 가진 에너지와 시간과 노력을 나눠 줄 수 있는 만큼이 딱 요 정도가 아닌가 싶다. 그래서 소중하다. 가진 숫자가 적으니 하나하나가 중요하고 많이 아끼게 된다.

'친구'라는 관계는 모든 관계 중에 내가 가장 좋아하는 관계다. 언제든 떠날 수 있고, 언제든 다시 만날 수 있고, 새롭게 시작할 수도, 끝이 날 수도 있다. 학교에서 만난 사람들이나 일하다가 만난 사람들, 어쩌다 알게 된 인연도 모두 그런 관계에 속한다. 관계를 오래 지속하기 위해서 주기적인 변화는

---

* 지금은 이사를 하면서 화분 7개가 늘어나 총 21개다.

필수다. 변하지 않는 것은 없는데 처음 모습 그대로를 바라는 건 뭔가 좀 이상하다. 관계도 분갈이를 해 줘야 하는 것이다. 필요하면 가지치기도 해야 한다. 새로 산 식물이 우리 집에 와서 조금씩 변하는 것처럼 나도 주변 사람들과 환경에 의해 조금씩 변한다. 언제나 그대로인 것 같은 선인장도 자세히 보면 몸집이 커진다든지 분명 조금씩 자라고 있다. 변화가 없는 건 죽어 가고 있다는 뜻이다.

나는 가지치기를 잘 못 한다. 인간관계도 식물도 모두 가지치기가 어렵다. 사실은 두려운 마음이 더 크다. 괜히 잘 자라고 있는 식물을 건드리는 건 아닐까, 지금이 적절한 타이밍인지 어떻게 확신할까, 내 맘대로 하면 상처받지 않을까, 여러 가지 생각이 든다. 무엇보다 식물도 원하는지 알 수 없다. 하지만 가지치기를 하면 신기한 일이 발생한다. 줄기 하나를 잘랐는데 자른 부위가 아물고 근처에서 두 개의 줄기가 나온다. 잘라 낸 만큼의 남은 에너지로 새로운 가지가 더 풍성하게 자란다. 하지만 나는 아무것도 자르지 않고도 잘 지내고 싶었다. 변화는 늘 두려우니까. 그렇게 가지치기를 하지 않은 내 화분들은 나의 우유부단함 사이에서 한동안 유혈 사태 없이 잘 지냈다.

그러다 얼마 전 이사를 하다 식물이 든 상자가 떨어졌다. 같이 산 지 5년째인 다육식물 '우주목'이 댕강 반 토막 났다. 식물 킬러 시절부터 쭉 오랫동안 함께 지낸 친구였는데 여기서 끝인가 싶었다. 목이 꺾인 채로 떨어진 줄기라니. 결코 새로운 싹이 날 것 같지 않았다. 하지만 어떤 이유에서인지 너그러운 우주목은 창가에서 3번의 주말을 보낸 뒤, 꼬물대는 아기 잎을 만들어 냈다. 그리고 이제는 완전히 다른 모습으로 자라게 될 것이다.

가지치기는 어떻게 보면 철저하게 인간의 입장에서 만든 일이다. 가지를 잘라 내는 걸 과연 식물도 원할까? 혹시 공격당하는 건 줄 알고 줄기를 2배로 만드는 게 아닐까? 가지치기를 통해 잔가지를 잘라 내고 남은 에너지로 자신에게 집중하는 건 아닐까? 열매도 대부분 새로운 가지에서 나온다고 한다. 어떻게 보면 식물의 가지치기는 인간관계를 정리하는 것과 같다. 그동안 쓸데없는 인간관계에 헛된 에너지를 써 오느라 자신에게 신경 쓰지 못했다면 효율적으로 가지치기를 한 번 하는 것도 나쁘지 않다. 하지만 나는 식물조차 가지치기하는 걸 어려워하기 때문에 내가 할 수 있을 만큼 딱 요만큼의 인간관계를 유지하는 셈이다.

딱 요만큼의 인간관계

Green mind, green days

superhero

"
나를 건드리지
마세요
"

봉선화 씨앗
Impatiens balsamina

나는 성격 급한 봉선화 씨앗이다. 빠른 리듬을 좋아한다. 느릿느릿한 건 내 성격과 안 맞는다. 지금은 이렇게 까맣고 조그맣지만 엄청난 에너지를 갖고 태어났다. 싹이 나오기만 하면 그다음 일은 걱정하지 않아도 될 만큼 알아서 잘 큰다. 신경 쓰이는 건 딱 하나. 내 옆의 선인장 하나가 맘에 안 든다. 항상 아무렇지 않은 척, 괜찮은 척하는 선인장 놈이다. 저 녀석은 몇 십 년이고 산다는데, 난 1년도 채우지 못하고 사는 한해살이다. 그래서인지 저 시간 부자가 부럽기도 하면서 얄밉다. 난 시간이 얼마 없는데 인생을 다 아는 듯한 저 느긋한 표정이 맘에 안 든다.

빠르게 움직여야 한다. 올해 나의 KPI*는 꽃을 피우고 씨앗을 만들어 내년에도 다시 태어나는 것이다. 내가 화분에서 태어난 이상 이 화분은 내 것이다. 다른 씨앗을 심는 일은 없도록 내 씨앗을 남기고 가야 한다. 일단 주위를 둘러보니 어디선가 바람이 불어오고, 어떤 주기인지 모르겠지만 나름 규칙적으로 물이 꼬박꼬박 들어온다. 꽃을 피우는 덴 문제가 없을 것 같다. 다만 씨앗을 만들기 위해선 열매가 맺어야 하는데 그게 좀 문제다. 노란 인간은 창문을 자주 열었지만 날개 달린 곤충들이 집 안에 들어오는 일은 없었다. 노란 인간이 색깔만 노란 게

---

* Key Performance Indicator, 핵심성과지표.

아니라 꿀벌이었다면 조금은 쓸모가 있었을 텐데.

항상 문제는 예상치 못한 곳에서 벌어진다. 노란 인간이 며칠째 집에 들어오지 않던 날이었다. 몇 개 달리지 않은 나의 잎이 수분 부족 증상을 보이며 힘없이 축 처졌다. 너무 늦지 않게 발견돼서 다행이지 하마터면 꽃도 못 피우고 죽을 뻔했다. 그리고 또 집에 들어오지 않는 날이 있었다. 지난번 사건을 기억했는지 화분 밑에 물을 담가 놓고 떠났다. 이번엔 말라 죽을 일은 없었지만 폭풍 성장하던 줄기가 물을 몽땅 흡수해서 엿가락처럼 길어졌다. 길어지다 못해 잎이 무거워 밑으로 처졌다. 하지만 난 봉선화다! 누가 뭐래도 목표를 이뤄 내는 봉선화. 가늘어진 줄기를 굵게 만들어 하늘, 아니 천장을 향해 올라갔다. 노란 인간이 집에 도착했을 때 이미 나는 N자형 곡선을 그리며 상승세를 타고 있었다. 노란 인간은 Superhero라고 적힌 메시지 픽을 내 화분에 꽂아 처진 줄기를 올려놓았고, 쓰러지지 않게 지지대를 만들어 주었다.

나는 정말 열심히 살았다. 겨우 주먹만 한 화분에서 노란 인간의 살뜰한 관심 없이도 잘 자랐다. 그리고 마침내 꽃도 피웠다. 어떤 색의 꽃이 나올지 궁금했는데 난 하얀 꽃이었다. 여러 개의 꽃대를 만들고 순차적으로 하

나석 꽃을 피웠다. 일주일 내내 노란 인간은 나의 하얀
꽃들을 보았다. 그리고 노란 인간은 눈치 채지 못했지만
조그만 열매도 만들었다. 나는 내 할 일을 다 해냈다. 열
악한 환경이었지만 결국 해냈다. 죽을 뻔한 고비를 몇 번
넘기고 이제 마지막 순간을 앞두고 있다. 마지막 수분을
가득 충전해서 열매가 빵빵해지면 팡! 하고 터진다. 그
안에 들어 있던 씨앗이 사방으로 터지며 다시 나의 화
분 속으로 들어가거나 옆의 화분에 자리를 잡을 것이다.
어디든 잘 살아남기를. 아, 선인장 화분만 아니길. 거긴
물을 끔찍이도 아껴서 항상 건조하기 때문에 살 곳이 못
된다.

"나를 건드리지 마세요(Touch me not)."

인간이 지어준 나의 꽃말이다. 살짝만 건드려도 터지기
때문에 지어진 말이다. 하지 말라고 하면 더 하고 싶어지
는 법인데, 그걸 노린 걸까. 흩어진 씨앗의 운명은 어떻게
됐는지 모른다. 그건 내가 어떻게 할 수 있는 게 아니니
까. 내가 화분에서 태어난 운명을 선택할 수 없었듯, 씨
앗들이 어디에 자리를 잡았는지도 그들의 운에 맡겨야
하는 시간이 왔다. 나는 이제 노란 인간의 곁을 떠난다.
안녕. 또 만나.

"

쓸모 있는 삶

"

미니 알로에
Aloe arborescens

인생의 주인공은 나라고 하지만 세상의 모든 이가 주목
받는 것은 아니다. 대부분 비슷하게 반복되는 보통의 삶
을 산다. 스스로가 특별하다고 생각하지만 소수에게만
빛나는 조명이 비춰진다. 어쩌면 남들만큼만 살아도 괜
찮은 삶일지도 모르는, 나도 그런 평범한 알로에다. 그냥
알로에도 아니고 미니 알로에. 너무 작아서 인간들조차
나를 쓸모 있다고 생각하지 않는 아주 하찮은 알로에다.

나의 이름을 모르는 사람은 거의 없다. 내가 유명해진
건 나의 즙 때문이다. 끈적끈적한 알로에 즙은 인간들에
게 인기가 있다. 인간들은 쓸모를 중요하게 생각한다. 하
지만 나는 너무 작아서 쓸모가 없다. 외면받을 이유가
충분한데 어째서인지 노란 인간의 집에서 5년째 살고 있
다. 그 사이 노란 인간은 세 번이나 집을 옮겼는데 내가
살아남은 이유는 공교롭게도 '작고 쓸모없어서'였다. 같
이 살던 키 큰 고무나무는 '크고 쓸모 있어서' 선택받지
못했다. 그 아이는 두툼하고 커다란 잎에서 깨끗한 공기
가 나오는 능력이 있다고 알려져서 인기가 좋은 편이다.
노란 인간이 부모님 집에서 독립할 때 커다랗고 쓸모 있
는 고무나무는 노란 인간의 엄마에게 맡겨졌다. 쓸모 있
는 삶은 어떤 기분인지 알고 싶다. 나는 어떤 삶을 살게
될까?

처음엔 나도 나름 괜찮은 삶을 살고 있다고 생각했다. 봉선화 씨앗이 나타나기 전까지는. 분명 나보다 늦게 시작했는데 내 키보다 훌쩍 커진 봉선화의 존재가 무척 거슬린다. 넌 위아래도 없냐. 모래알만 했던 게 엊그제 같은데 이렇게 커 버리다니. 나 이대로 괜찮은 건지 자꾸 묻게 된다. 나는 고작 한두 뼘 자라는 데 2년 넘게 걸렸다. 이쯤 되면 나에게 뭔가 문제가 있는 게 확실하다.

그러고 보니 나만 투명한 비커에 심어져 있었다. 봉선화도 선인장도 오렌지 빛 갈색 화분을 갖고 있는데 나만 달랐다. 투쟁을 해야겠다. 나도 잘 자랄 수 있는데! 나도 정상적인 화분에 심어 줘라! 기본권을 보장하라! 차별 금지! 분노로 가득찬 내 몸은 연둣빛에서 보라색에 가까운 갈색으로 바뀌었다. 작은 알로에 하나를 더 만들어서 비커 화분이 매우 비좁다는 사실을 노란 인간이 알아차릴 수 있도록 티를 냈다. 하지만 달라진 건 없었다. 얼마나 더 많은 우여곡절이 있어야 저 인간의 눈길을 끌 수 있을까. 평범하지 않고 까다로운, 독특한 식물이었다면 이런 삶을 살지는 않았을 텐데.

아무리 발버둥 쳐도 바뀌지 않는 화분 속 현실에서 나는 어떤 희망을 찾을 수 있을까. 갈색으로 타들어 간 내 속도 모르고 물을 만난 기다란 줄기가 다시 초록빛으로 바뀌었다. 젠장, 이렇게 쉽게 항복하다니. 나의 또 다른 작은 알로에도 쑥쑥 자랐다. 어김없이 오늘도 햇빛이 비추고 구름이 지나간다. 햇빛을 받아 나의 보랏빛 줄기가 연둣빛으로 빛났다. 빛을 받아 오묘한 연둣빛을 뿜어내는 잎을 바라본다. 빛나는 잎을 바라보고 있으니 조금 위로가 된다. 며칠만 물을 안 줘도 잎이 축 처지는 봉선화와는 달리 내 잎은 단단하다. 몇 날 며칠이어도 끄떡없는 게 나의 장점이다. 나는 봉선화처럼 빠르게 자라진 않지만 누구보다 단단한 알로에라는 사실을 햇빛이 알려 주고 있었다.

벌써 네 번째 겨울이 지나간다. 일찌감치 봉선화는 생을 다했고, 선인장은 나보다 느린 속도로 자라고 있다. 멀리 보면 누구에게나 빛나는 순간이 온다는 말을 하고 싶다. 타이밍이 조금 다를 뿐. 노란 인간과 함께 지낸 지도 5년이 되어 간다. 1*cm*도 자라지 않는 노란 인간은 뭘 키우고 있는 걸까. 너는 어떤 희망을 품고 사는지 물어 보고 싶다.

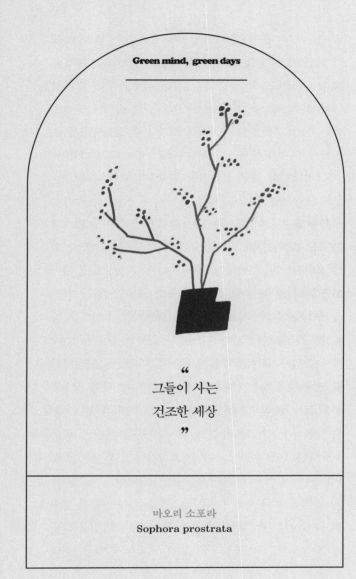

Green mind, green days

———————————

"
그들이 사는
건조한 세상
"

마오리 소포라
Sophora prostrata

191

"요즘은 병신 같은 식물이 인기야."라고 우리 가게 사장이 말한 거, 다 들었다. 우리 가게에 놀러 온 노란 인간은 그 말에 흠칫 놀라면서도 수긍했다. 사장은 거칠고 과감하다. 쉽게 애정을 주지 않는다. 그래서인지 인간들에게 인기 있는 식물들을 예리하게 알아차리는 능력이 있고, 매년 과감하게 새로운 식물들로 갈아치운다. 올해는 내가 살아남았다. 나는 요즘 인기 있는 '마오리 소포라'다.

사장이 말하는 병신 같은 식물이라 함은 앙상한 가지에 여리여리한 잎사귀가 있는 식물들을 말한다. 어딘가 아파 보이기도 하고 사연 있어 보이는 이런 식물들을 좋아하는 이유는 뭘까. 풍성하고 두툼한 잎을 가진, 누가 봐도 풍요롭게 느껴지는 식물들은 일찌감치 구석으로 밀려났다. 내가 앞쪽 자리에 있을 수 있었던 건 과감한 사장 덕분이다. 옆 가게의 할머니는 애정이 너무 많아서 마음을 준 식물들은 절대 내치지 않는다. 그곳에는 팔지도 않고 몇 년을 보낸 식물들이 꽤 있다고 아레카야자가 알려줬다. 노란 인간을 처음 본 건 내가 이 가게의 맨 앞자리를 차지했을 때였다. 사장은 요즘은 이런 식물이 유행이라며 키 큰 올리브나무와 설유화(Spiraea), 앞자리에 자리 잡은 식물들을 거침없는 표현으로 설명하기 시작했다. 딱 봐도 촌스러운 취향을 갖고 있을 것 같은 노란 인간은 트렌드고 뭐고 관심 없는 척하다가 머뭇거리며 나를 선택했다.

노란 인간의 집은 뭐랄까, 딱히 설명할 것도 없는 평범함 그 자체였다. 모든 것이 하얗거나 검거나 아주 약간의 컬러만 있는 민숭민숭한 집이었다. 창가에는 옆 가게에서 자주 보았던 다육식물과 선인장, 평범한 관엽식물들이 있었다. '이 집에서 제일 트렌디한 건 나뿐이구먼.' 그런 생각이 들어 잠시 우쭐한 기분으로 가장 좋은 창가 자리에 자리 잡았다. 우쭐함도 잠시, 뭔가 느낌이 이상했다. 집은 좁았고 창문은 가끔만 열려서 공기가 무겁게 내려앉았다. 사막보다 건조한 것 같은 이 집의 실체를 가장 먼저 알아차린 건 나의 작고 동그란 잎이었다. 빨리 뿌리에게 이 사실을 전달했다. "건조주의보, 바깥은 매우 건조하고 상황이 좋지 않으니 최대한 물을 아껴 쓸 것!"

뿌리는 재빠르게 흙 안에 남아 있는 수분을 흡수해서 저장해 두었다. 줄기 안의 물길이 막히지 않을 만큼만 아주 조금씩 물을 흘려보냈다. 가지에 매달려 있던 잎들이 힘없이 하나둘씩 떨어졌다. 바싹 말라 버린 잎은 살짝만 건드려도 후드득 떨어졌고 가지는 더 앙상해졌다. '이러다가 정말 병신 같은 나무가 되겠어.' 뿌리는 중요한 결정을 내리기에 앞서 어떤 가지를 살리고, 어떤 가지를 버릴지 빠르게 파악했다. 현명한 뿌리 덕분에 긴급한 상황에도 흔들리지 않고 단칼에 결정을 내렸다. 살아남지 못한 가지는 잎부터 하나씩 떨어트렸고, 다른 가지에 물을 공급할 수 있게 스스로 물길을 차단했다. 살아남은 가지만이 간신히 생명을 연장했다.

옆자리의 선인장들을 보고 좀 더 일찍 알아차렸어야 했는데 너무 늦었다. 노란 인간은 선인장의 리듬에 맞춰 살고 있었기에 나에게 물을 떠다 줄 생각이 없어 보였다. 나를 바라보는 선인장이 한마디 했다. "다음 생엔 나처럼 수분저장창고를 큼직하게 준비해서 태어나렴. 너처럼 마른 것들은 버티기 힘든 곳이야." 나를 감당하지 못하고 떠나보낸 노란 인간은 메마른 환경에서 무엇으로 버티며 사는 걸까. 나는 그가 어설프게나마 촉촉한 세상이 있다는 것을 알게 되었으면 좋겠다. 이 세상엔 다양하고 이해할 수 없는 리듬을 가진 사람들이 존재한다던 나이 많은 고사리의 말이 맞았다. 우리는 같이 살기엔 너무 다른 리듬을 가지고 있었다.

Green mind, green days

"

관계의 네 가지 유형

"

틸란드시아 세로그라피카
Tillandsia xerographica

도움이 필요하지 않은 존재는 없다. 인간의 집에서 살게 된 우리들은 인간의 도움이 필요하고, 인간들 역시 다른 존재의 도움 없이는 살아갈 수 없다. 스스로가 아무리 대단한 존재여도 혼자 살아갈 수는 없는 법이다. 우리가 인간에게 어떤 도움을 받고 싶어 하는지 아는가? 선인장이 꿈꾸는 라이프스타일은 뭔지, 열대식물들은 어떤 관계로 지내고 싶어 하는지 내가 지금까지 봐 왔던 '서로 잘 맞는 식물과 인간들의 관계 유형'을 정리하면 네 가지로 나눌 수 있다.

첫 번째는 많은 사람에게 관심 받는 것을 좋아하는 유형이다. 알뿌리 식물이나 봉선화, 민들레 같은 식물과 잘 어울리는데 이들은 짧은 순간에 폭발적인 에너지를 보여 준다는 특징이 있다. 식물에 관심이 없거나 모르는 사람일수록 좋다. 이런 식물들은 짧은 기간에 존재만으로도 강력한 희망과 행복을 전달한다. 사라지면 금방 잊히지만 다음 봄이 오면 또 생각나는 치명적인 매력을 갖고 있다. 하루를 살더라도 멋진 아우라로 시선을 받고 싶고, 또 그만큼 영향력을 주고 싶은 사람은 이런 식물들과 잘 맞는다.

두 번째는 몇몇의 사람들하고만 가깝게 지내며 편안함을 느끼는 유형이다. 이런 사람들은 열대식물들과 잘 맞

는다. 꽤나 꾸준한 관심을 필요로 하고 항상 촉촉함을
유지해야 하는 열대식물들은 이런 유형의 사람과 살면
함께 나이 들어가는 친구가 된다. 그들은 나름 부지런하
면서 규칙적인 패턴으로 살기 때문에 귀찮을 법한 일(주
기적으로 물을 주고, 흙을 갈아 주는 일)도 척척 해낸다.
열대식물들이 첫 번째 유형의 사람들을 만났다면 쉽게
질려 외면당할 수 있는 위험이 있는데 두 번째 유형의 사
람들을 만났다는 건 운이 좋은 것이다.

세 번째는 사랑하는 사람 한 명만 있으면 살아가기에 충
분하다고 생각하는 사람들이다. 나에게 사랑을 주기를,
관심 가져주기를 가만히 기다리는 선인장은 이런 유형
의 사람들과 꽤나 잘 맞는다. 한 번 받은 사랑을 오랫동
안 간직할 수 있다. 어차피 끈적끈적한 사랑이라는 건
금방 식기 마련이니까. 그들의 무미건조한 태도에도 변치
않고 기다릴 수 있는 선인장은 종종 예상하지 못했던 포
인트에서 찐한 감동을 준다. 선인장에게는 자신을 믿어
주는 딱 한 명만 있으면 된다. 그것뿐이다.

마지막 네 번째는 아주 드물지만 몽상가 같은 사람들이
다. 내가 꿈꾸는 유형의 사람이다. 나는 틸란드시아의 여
왕이라고도 불리는 '세로그라피카'다. 내가 무슨 생각을
하는지 보통의 사람들은 이해할 수 없을 것이다. 나는

뿌리도 필요 없고, 흙도 필요 없다. 번식도 잘 하지 않고 혼자서 오래 사는 편이다. 내가 어떻게 자라는지 이해하는 사람도 드물고, 알아도 날 감당하기는 어려울 것이다. 몽상가의 삶을 사는 사람만이 이해할 수 있다. 나는 나무처럼 살고 싶다. 누군가 지지해 주는 사람 없이도 스스로에게 확신을 갖고 사는 나무 같은 사람과 같이 지내고 싶다. 내가 인간에게 바라는 것은 한 가지뿐이다. 그저 나의 삶을 있는 그대로 바라봐 주는 것.

당신은 어떤 유형의 사람인가. 어떤 식물과 함께 지내고 싶은가?

_《참을 수 없는 존재의 가벼움》 p.444를 읽고
감명받아 오마주한 문학 식물 '세로그라피카' 올림

내가 인간에게 바라는 것은 딱 하나,
그저 나의 삶을 있는 그대로 바라봐 주는 것

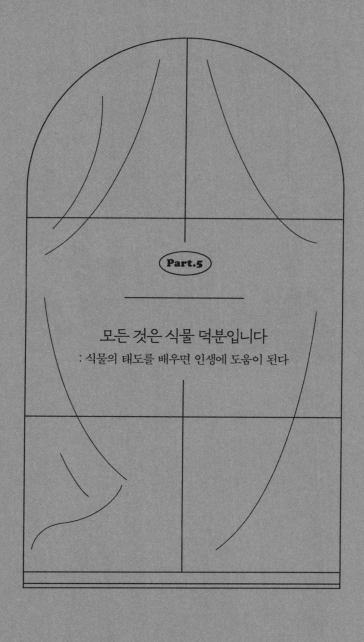

Part.5

_____

모든 것은 식물 덕분입니다
: 식물의 태도를 배우면 인생에 도움이 된다

알면 알수록 신기한 식물의 비밀

재난 영화의 마지막 장면에서 회색 도시가 초록빛으로 바뀌면 해피엔딩이라는 것은 꼬맹이도 안다. 누가 알려 준 것도 아닌데 말이다. 우리는 자연을 보면서 평화로움을 느끼고 아름답다고 인식하도록 설계되어 있다. 나무가 울창하고 잔디가 넓게 펼쳐진 공원에 가면 기분이 좋고, 콘크리트 건물 안에 식물 하나만 있어도 눈길이 가는 이유다. 구름이 걷히고 눈부신 햇빛이 들어오면 무미건조한 버스 안에 있어도 나뭇잎 그림자로 가득한 그 순간만큼은 아름답게 보인다. 그러니 식물이 좋은 이유는 말할 것도 없다.

'화초 세대'라는 단어를 어느 방송에서 처음 보았다. '저게 무슨 말이지?' 하며 보게 된 영상에서는 집에서 거의 1,000개에 가까운 식물을 키우는 사람이 나왔다. 식물에 푹 빠진 밀레니얼이라는 주제로 젊은 사람들이 식물 키우기에 많은 관심을 갖고 있다는 인사이트를 보여 주는 인터뷰 영상이었다. 그중 브루클린에 사는 서머(Summer Rayne Oakes) 씨의 집이 소개되었는데, 집 안을 가득 채운 화분도 놀랍지만 '키페'라는 이름의 닭과 같이 살았던 이력도 특이했다. 방송에서 말하고 싶어 하는 밀레니얼 화초 세대의 대표 주자를 제대로 찾은 듯했다. 옷장에까지도 식물을 들여놓은 서머는 이렇게 말했다. "옷을 두는 게 낭비하는 것 같아서 식물들을 두게 되었어요."

신기하게도 너무 당연한 것은 소중하게 느껴지지 않는다. 밀레니얼 세대인 내가 식물에 이렇게 관심이 많고 가까이 하고 싶어 하는 이유는 바로 거기에 있다. 깨끗한 공기가 당연하지 않고, 건강하게 흐르는 강과 바다가 당연하지 않다. 도시에 살면서 느낄 수 있는 자연은 기껏해야 집 앞의 조그만 공원, 대로변에 심어진 나무들, 건물 안에서 자라는 화분들뿐이다. 동물도 개와 고양이, 참새, 비둘기, 까치, 까마귀 등 쉽게 볼 수 있는 것들을 세어 보면 몇 종 안 된다. 집 안에 가득한 물건과 가전제품은 항상 완성된 상태로 나에게 오기 때문에 어떻게 만들어졌는지 잘 모르지만, 작은 화분 속 식물들부터 산속의 나무까지 그야말로 예측불가다. 살아 있는 시스템은 알면 알수록 신기하고 우리가 모르는 세상의 비밀을 갖고 있는 것처럼 느껴진다.

우리가 지금 놓치고 있는 건 뭘까? 문제를 푸는 열쇠를 얻기 위해서 자연이 우리에게 뭐라고 이야기하는지 들을 수 있는 능력이 필요할지도 모른다. 과학이 발전하고 기술력이 증가할수록 자연의 목소리를 듣는 능력이 더 중요해지고 있다. 식물들은 태어나고 자라는 과정에서 효율적인 방법, 뚜렷한

목표, 놀라운 전략으로 자란다. 작은 화분 하나하나를 키우면서 자연이 일하는 방식을 조금씩 알게 되었다. 조그만 화분에서도 이 정도인데, 대체 숲과 정글에 사는 동식물들은 얼마나 다양한 전략을 가지고 있는 걸까. 알면 알수록 신기한 비밀을 가진 식물들, 내가 식물을 좋아하는 이유다.

내가 식물들을 관찰하며 깨달은 것은
다들 비슷비슷하지만
조금씩 다른 전략으로 자란다는 사실이다.

변화하는 세상에 대처하는 방식

좋은 일이든 나쁜 일이든 큰 변화를 가져다주는 것들은 항상 예측하지 못한 곳에서 터진다. 나는 매년 새해가 되면 다이어리를 사고 새로운 마음으로 일 년의 계획을 세우는 사람이었다. 하지만 언젠가부터 계획한 대로 이루어지는 게 별로 없다는 사실을 깨달았다. 올해는 이만큼 돈도 벌고 싶고, 내가 작업한 결과물들에 반응이 좋았으면 하고, 사람들과 좋은 관계를 유지하고 싶다고 계획하지만 항상 예상치 못한 방법과 과정으로 진행된다.

그림을 그릴 때 두 가지 색의 물감을 섞으면 새로운 색이 나온다. 빨강과 파랑을 섞으면 보라색이 나오고, 노랑과 초록을 섞으면 연두색이 나오고, 온갖 색을 다 섞으면 미묘한 검정색이 된다. 서로 다른 두 가지 색이 경계선에서 만나면 예측하기 쉽지만, 거기에 또 다른 한 가지 색이 더해진다면? 그때부터는 바로바로 설명하기가 어려워진다. 생각보다 멋진 색이 나오기도 하고, 맘에 들지 않는 색이 나오기도 한다. 예측하기 어려운 경계선을 용감하게 넘나들 때 훨씬 더 좋은 그림이 완성된다. 오묘한 색감과 뻔하지 않은 결과물은 확실히 한 번 더 눈길이 간다.

강과 바다가 만났다. 서로 다른 두 존재가 경계선에서 만나 섞였다. 이 둘이 물감이라면 무슨 색으로 변할까? 뭔지는 몰라도 환경 조건이 급격하게 변했다는 것은 알 수 있다. 경계 지대에는 새로운 것들이 생겨난다. 그곳에서 살아남은 새로운 생명체가 나타나기도 하고, 낯선 환경에 기존의 것들이 변화할 수도 있다. 똑같은 식물도 화분에서 자라는 것과 땅에서 자라는 것은 완전히 다른 모습을 보여준다. 우리 집에서 자라는 식물과 건너편 아파트 베란다에서 자라는 식물이 또 다를 것이다.

어디로 튈지 모르는 경계 지대에 있는 것 같을 때 사람도 변한다. 사람은 안 변한다고 하지만, 위기가 오면 변한다. "4차 산업혁명이래, 인공지능 시대에는 우리 직업이 없어질지도 몰라, 그럼 뭘 해야 하지?" 사회적인 위기뿐만 아니라 개인적인 위기도 크게 다르지 않다. "언제 어디로 이직을 해야 좋을까, 어떻게 살아야 할까, 혼자서도 잘 살 수 있을까, 다른 사람과 같이 잘 살 수 있을까?" 완벽한 계획을 짤 수 있는 사람은 없다. 예상하지 못한 색깔로 변할 것이다. 우리는 어떤 색이 나올지 예상할 순 없지만 준비할 수는 있다. 나의 고유한 색이 더러워지지 않게 깨끗이 닦아 놓고 준비하는 것, 그리고 나의 색이 뭔지 아는 것.

100가지 식물이 있다면 그들이 사는 방법도 100가지다. 모두 다 다르다. 변화에 적응하는 방법 또한 100가지 그 이상이 될 것이다. 내가 식물들을 관찰하며 깨달은 것은 다들 비슷비슷한 것 같지만 조금씩 다른 전략으로 자란다는 사실이다. 그렇다는 것은 다수가 따라가야 할 완벽한 하나의 방법이나 전략은 없다는 뜻이다. 다양한 색깔을 가진 우리는 지금 새로운 경계 지대를 살고 있다. 여기저기 움직여서 우연한 색깔을 많이 만들어야 한다. 진짜 그림을 잘 그리는 사람은 120색 색연필을 가진 사람이 아니다. 12색만으로도 믿기지 않는 다양한 색감을 내는 사람이 진짜다. 우리에게 부족한 것은 120가지 색이 아니라, 도처에 흩어져 있는 것들과 섞어보며 의미 있는 것을 발견하는 우연의 결과물이다. 불안한 시기에 우리는 무엇을 발견하게 될까?

불안한 시기에 우리는 무엇을 발견하게 될까?

꽃을 못 피웠어도 나는 선인장이야

선인장이 꽃을 피웠다는 건 프로젝트로 치면 일이 성공적으로 끝났다는 것과 같다. 꽃을 피우기 위해서는 엄청나게 지루한 일상을 반복해야 하기 때문이다. 꾸준히 하면 된다는 성공의 비결이 뻔하고 지겹겠지만, 그것이 사실이라는 걸 선인장을 보며 다시 한 번 느꼈다. 뭔가 열심히 하고 있는데 성과가 없을 때 선인장처럼 영민하고 똑똑해졌으면 좋겠다고 생각한다. 열심히 물을 주고 햇빛을 보게 해 준 것 같은데 일년이 지나도 아무런 변함이 없다면 선인장은 이렇게 생각하고 있을 것이다. '여긴 내가 뿌리 내릴 곳이 아니군. 꽃은 무슨, 에너지를 낭비하면 안 되겠어.' 꽃을 피우지 못할 것으로 파악되는 공간에서는 살아 있는 건지 죽어 가는 건지 모르게 모든 걸 멈춘다.

어떤 힘든 날에 듣는 노래가사가 다 내 이야기 같을 때가 있다. 아무리 해도 안 되잖아, 얼마나 더 애를 써야 하는지, 말도 안 되는 꿈을 꾸고 있는 건 아닐까, 싶은 생각이 들면서 실패담을 늘어놓고 싶다가도 입을 다물게 된다. 나만 힘든 것 같은데 사실 대부분 그렇게 느끼고 살기 때문이다. 비슷한 아픔, 사랑, 이별, 성장, 욕구, 결핍을 갖고 있지만 어떤 사람들은 그 주제를 독특하게 풀어낸다. 마음에 쿵 하고 와 닿는 노래를 들으며 생각한다. '아니, 어떻게 이런 생각을 했지? 어떻게 이런 가사를 썼을까?' 특히 직접 가사를 쓰는 싱어송라이터의 음악이 그렇다. 자기 생각으로 가사를 쓴 가수의 앨범에는 종종 직접 쓴 소개 글이 들어 있다. 어떻게 이 가사를 쓰게 되었는지, 무슨 감정을 담아 쓴 것인지, 말하고 싶은 것이 무엇인지 적혀 있다. 그걸 읽다 보면 꽤 재밌을 뿐만 아니라 그들의 창작 비법까지 엿볼 수 있다.

박진영이 TV 프로그램 〈케이팝스타〉에서 이런 말을 했었다. "네가 쓴 가사는 '아, 이것만 쓰면 멋있을 것 같다.' 싶은 문장들만 나열해 놓은 것 같아. 가사를 쓰는 방법에는 두 가지가 있어. 남들이 안 한 이야기를 하든지, 이미 한 이야기를 새로운 방식으로 표현하든지 이 둘 중 하나여야 해."

이 이야기를 듣고 이건 가사 쓰는 법에만 적용되는 이야기가 아니라고 생각했다. 글을 쓸 때도 그렇고, 제품을 기획할 때도 그렇고, 디자인할 때도 그렇고, 모든 분야를 막론하고 우리는 계속해서 새로운 무언가를 만들고 있고, 잘하고 싶어 한다. 나도 내가 디자인한 제품들이 사람들에게 필요한 좋은 물건이었으면 좋겠고, 내가 파는 식물들이 새로운 집에서 좋은 기운을 전달해 주길 바라고, 내가 그린 그림을 사람들이 좋아해 줬으면 좋겠다고 생각한다. 하지만 생각한 대로 되지 않을 때, 내가 만든 제품들이 무관심 속에 팔리지 않을 때, 하고 있는 작업들이 다른 사람에게는 아무 의미 없다고 느껴질 때 두려움을 느낀다. 마치 아무 변화가 없는 선인장을 보는 것처럼.

아무것도 안 하고 있는 것 같지만 선인장은 눈에 보이지 않는 곳에서 꾸준히 뭔가를 하고 있다. 열대 우림처럼 비도 많이 내리고 습도도 높고 따뜻한 환경에서는 어떤 식물이든 무성하게 잘 자랄 것이다. 반대로 척박한 사막에서 자라는 선인장의 삶은 아주 느리다. 이런 환경에 적응하기 위해 느리지만 견고한 생존 전략을 선택했다. 비가 오기 전에 뿌리를 내리고, 비가 오면 수분을 가득 저장하고, 그 에너지로 몸집을 키우고, 또다시 뿌리를 내리는 과정을 무한 반복한다. 선인장이 꽃을 피웠다는 것은 이 반복되는 과정을 견디고 꽃을 피우기 위한 일생의 한 사이클을 해냈다는 뜻이다. 느리지만 해낸다는 게 핵심이다.

우리의 삶과 닮아도 너무 닮았다. 무언가를 쉽게 해내기가 어려운, 선인장과 다를 바 없는 사막 같은 곳에서 살고 있다. 선인장처럼 지독한 반복을 무수히 해내면 꽃을 피울 수 있을까? 너무 평범해서 인생의 굴곡이라 할 만한 것도 없는 나의 인생이지만 기왕이면 평범한 이야기라도 새롭게 바라볼 줄 아는 시선으로 살고 싶다. 아직 그럴싸한 꽃을 피운 적은 없다. 하지만 꽃을 못 피웠다고 내가 꽃 피우는 선인장이 아닌 건 아니다. 그걸 잊지 않고 사는 것이 중요한 포인트다.

숨거나 도망칠 수 없다면

나에게는 사람들을 잠에 빠져들게 만드는 능력이 있다는 사실을 대학교 시절에 알게 되었다. 가야금 연주곡에 빠져 있던 시절, 나의 플레이리스트를 듣던 과실의 모든 이가 과제를 하다 잠들었다. 단조롭고 자신감 없는 목소리로 15분 발표를 하던 날에도 수업을 듣던 모든 이가 잠들어 버렸다. 이 두 사건은 10년이 지난 지금도 혼자만 기억하는 가슴 아픈 흑역사다. 이후로는 사람들 앞에서 뭔가를 하는 일은 생각만 해도 심장이 벌렁벌렁해지고 식욕이 떨어지는 일이었다.

하지만 사회생활을 하다 보면 피할 수 없는 일을 마주해야 하는 시기가 온다. 경쟁 피티 발표를 맡아서 해야 할 때, 강연 요청이 들어왔을 때, 드로잉 원데이 클래스를 하기로 했을 때 모두 내가 앞장서서 해야만 하는 일이었다. 내가 디자인하고 기획한 거니까 내가 설명해야지 누가 하겠는가. 도망가고 싶지만 이미 발을 담가 버린 일을 대신 해 줄 사람은 없다.

이미 뿌리를 내려서 숨거나 도망칠 수 없다면 뭘 할 수 있을까? 식물은 인간이나 동물과는 다르게 한 곳에 머무르는 전략을 취하기 때문에 얼핏 보면 꼼짝없이 당하는 것 같지만 꼭 그렇지만도 않다. 오히려 맞서 싸우는 전략을 발휘하기도 한다. 다가오지 못하게 가시를 만들거나, 건들지 못하게 치명적인 독을 만든다. 복잡한 이해관계 속에 얽혀 있는 인간으로서는 따라 할 수 없는 방법이다. 그렇다면 남은 건 한 가지, 어떤 공격을 해도 아무렇지 않도록 플랜을 짜는 것이다. 개체수를 많이 늘려 일부가 위험에 빠져도 살아남도록 한다. 어떤 식물은 몸의 90%를 잃어도 생명에 지장이 없다. 적군의 공격에도 흔들리지 않는 의연한 사람 같다. 나처럼 소심한 사람은 따라 할 엄두가 나지 않는 대담한 전략이다.

생각해 보면 나를 떨게 만드는 문제는 사람들 앞에 나서야 하는 상황이 아니었다. 갑자기 유창하게 말을 잘 하는 사람이 되고 싶었던 것이 문제였다. 그래서 스피치를 배우러 갔다. 친구들이 영어 스피치를 배우냐고 물어봤다. "아니, 한국말로 하는 스피치."

뭘 배운다는 거야, 라는 표정으로 바라보지만 난 절박했다. 그리고 실제로 30초, 1분, 3분, 조금씩 시간을 늘려가며 연습했고, 말하는 것에도 나름의 규칙과 기술이 있다는 것을 배우고 나니 조금씩 좋아지기 시작했다. 혼자 머릿속으로 생각할 때는 '이건 내가 제일 잘 알지.'라고 느끼지만, 막상 말로 했을 땐 그저 터무니없는 소리로 표현될 때가 있다. 그럴 땐 생각을 말로 표현하기 전에 하고 싶은 이야기를 미리 정리해

놓는 것이 중요하다. 아무런 정리 없이 말하다 보면 여러 가지 이야기를 늘어놓게 되는데, 듣는 사람은 딱 하나밖에 기억하지 못한다는 사실! 핵심이 되는 문장 하나만 정해 놓으면 상대방도 편안하고 명확하게 듣게 된다는 팁을 배웠다.

모든 일에 있어 느린 방법이 가장 빠르다. 심지어 느리고 평범한 시간이 쌓이면 특별한 능력이 생긴다. 식물이 여분의 개체수를 많이 만들어 내기 위해 느리지만 차곡차곡 과정을 쌓아 가듯이 하루아침에 스피치 전문가가 되는 욕망의 지름길은 없다. 식물처럼 한 번에 하나씩 천천히 한다. 어려울 것 같았는데 딱히 못할 것도 없다.

이미 뿌리를 내려서 숨거나 도망칠 수 없다면
어떻게 뭘 할수 있을까 ?

잡초의 쓸모

건강할 때는 잘 모른다. 아픈 사람의 마음을. 당연했던 것들이 생각과 다르게 흘러갈 때 '어, 이거 뭐지?' 하며 멈추어서 뒤를 돌아본다. 가까운 사람이 병에 걸렸을 때나 어딘가 몸이 아프다고 느낄 때, 그제야 나를 포함해 내 주변을 둘러싼 존재들을 관찰하게 된다. 아프다는 것은 뭘까? 내가 땅이라면 아무런 힘이 없어서 내 안에서 아무것도 자라지 않는다는 것이고, 예전의 풍요롭던 시절이 언제 있었냐는 듯 까먹게 된다는 것이다.

온통 병원 로고로 프린트된 옷을 입은 부모님을 보는 경험은 생소했다. 어색하고 짠한 모습에 뭐라고 말을 해야 할지 몰라서 그냥 평소처럼 행동했다. 수술이 끝나고 회복하면서 우리 가족에게는 약간의 변화가 생겼다. 고기를 좋아하던 식탁에는 채소가 많아졌고, 짧게라도 가족 여행을 자주 가게 되었다. 언제쯤 시간을 맞출 수 있을까 하며 바쁘다는 핑계로 미루고 미뤘었는데, 막상 가 보니 특별한 곳이 아니어도 충분히 즐거울 수 있다는 것을 깨달았다. 뭐 얼마나 좋은 곳에 가려고 미뤘던 걸까. "여행은 비록 모호한 방식이긴 하지만, 일과 생존투쟁의 제약을 받지 않은 삶이 어떤 것인가를 보여 준다."는 알랭 드 보통의 책 《여행의 기술》에 쓰여 있던 문장처럼, 다 같이 일상의 스위치를 끄고 온전히 함께하는 시간이 얼마만인지 느끼게 해 주었다.

아픈 이의 마음에는 아무것도 자라지 않는다. 매일매일 내 안에서 조금씩 자라던 풀들이 건조하고 메마른 땅에서 죽어 가는 것과 비슷하다. 그런데 어느 날 무언가가 허락도 없이 아픈 이의 마음에 들어왔다. 잡초다. 이렇게 아픈 땅에서 자랄 수 있는 식물은 잡초뿐이다. 별것 없는 일상에서 행복을 느끼는 것처럼 흔하디흔한 잡초만이 아픈 땅을 살린다. 자기 맘대로 뿌리를 내린 초록색 풀떼기 하나가 메마른 땅에 양분을 공급하고 마르지 않도록 보호해 주는 쓸모 있는 역할을 해낸다. 회복은 특별한 약에서 시작하는 게 아니라 작은 잡초 같은 것에서 시작한다.

어느 날 화분에 심은 적 없는 이름 모를 식물이 삐죽 하고 자랐다. 1cm도 안 되는 얇고 길쭉한 잎들이었는데 가만히 두었더니 하루 사이에 두 배로 자랐다. 정말 대단한 적응력이다. 아니, 근데 어쩌다 여기까지 오게 된 걸까. 혹시 이렇게 말하고 싶어서 온 게 아닐까. "별일 없지? 아픈 데는 없는지, 괜찮은지, 그냥 보러 한번 와 봤어." 누군가가 그랬다. 행복은 어렵게 피는 꽃이 아니라 막 피는 꽃이라고. 비좁은 화분에까지 온 걸 보면서 어쩐지 오지랖이 넓고 여기저기 간섭하기 좋아하는 사람 같다고 생각했다. 혹은 묻지도 않았는데 자기 속마음을 털어놓는 사람이라든지. 예전에는 그런 사람들의 지나친 관심이 조금은 불편하고 피곤하다고 생각했었다. 아마 다들 같은 마음이었던 것 같다. 이제는 이런 오지랖을 떨어 주는 사람을 보기가 힘드니까. 여기저기 허락도 없이 찾아오는 잡초의 존재가 어쩐지 멋지다고 느껴지는 순간이었다.

아픈 이의 마음에는 아무것도 자라지 않는다.

자연의 디자인 원칙

새로 이사 간 집 뒤에는 관악산이 있다. 동네도 탐방할 겸 혼자 산책을 했다. 돌이 많았고, 경사가 꽤나 가팔랐다. 조금만 걸으면 양쪽으로 길이 나뉘었고, 어떤 길은 세 갈래로 나뉘었다. 동네 산책이니까 아무데나 가 보자며 자신 있게 걸으면 걸을수록 길은 점점 험해졌다. 산속의 길은 지도에 나오지 않아서 일단 아래쪽으로 내려갔다. 자신 있게 고른 길의 마지막은 급경사의 내리막이었다. 산책길이 맞나 싶을 정도로 약간의 발걸음 흔적만 남아 있는 내리막이지만 다시 돌아가기엔 금방 출구가 나올 것 같아 돌아갈 수 없었다. 되돌아가자니 힘들기도 했고. 하지만 미끄러운 낙엽을 조심스럽게 밟으며 내려온 곳에도 출입구는 없었다. 대신 '산사태로 무너진 곳을 복구했습니다.'라고 적힌 표지판 하나만이 자리를 차지하고 있었다. 땀이 삐질삐질 나왔다. 걷는 내내 사람을 한 명도 보지 못해서 더 불안했다. 사람들의 인기척 대신 새소리가 들렸고, 앙상한 가지에는 어린잎들이 삐죽 나오고 있는 봄이었다.

겨우겨우 빠져나와 도착한 곳은 출발 장소에서 50m도 채 되지 않은 곳이었다. 어쨌거나 넓고 조용한 산속에서 혼자 있다가 빠져나온 동네에는 강아지와 산책하는 사람, 장바구니를 들고 걸어오는 사람, 자전거를 타고 지나가는 사람이 보였고, 마음이 편안해졌다. 내가 있어야 할 곳은 여기야, 라고 느껴지는 이상한 익숙함이었다.

숲의 세계에는 내가 낄 자리가 없는 듯한 기분이 들었다. 다큐멘터리에서 본 자연의 생태계는 똘똘 뭉쳐서 협업을 한다고 했다. 숲의 세계에서 같이 살기 위한 원칙이랄까. 내가 이 숲의 일부라면 뭘 할 수 있을까. 어쨌든 약간 무섭기도 했고, 하루살이 같은 날벌레가 머리카락 사이에 들어간 건지 계속 간지러웠다. 영상으로 보았던 숲의 자연은 아름답고 포근한 모습이었는데 막상 사람 하나 없는 드넓은 공간에 혼자 있다는 느낌이 드니 이상했다.

집에 돌아와서 책상에 앉아 있는데 문득 내가 사는 네모난 집의 세계가 새롭게 느껴졌다. 모든 게 반듯하다. 하얀 벽지와 나무 무늬의 바닥재, 노르스름한 조명, 숲의 일부를 느낄 수 있는 크고 작은 화분들. 그리고 반듯하게 포장된 것들 뒤에 가려진 콘크리트 벽. 이런 네모난 단위로 만들어진 집의 수많은 사람들. 또 다른 숲의 세계처럼 느껴진다.

◇◇◇◇◇◇◇◇◇◇◇◇◇◇◇◇◇

자연의 디자인 원칙은 협업이다. 나무는 혼자서도 잘 자라는 것처럼 보이지만 다양한 네트워크의 도움을 받아서 자란다고 한다. 흙과 물에서부터, 조그만 벌레, 새, 심지어는 인간까지도 포함하여 여러 도움을 받아서 자란다. 야생의 숲에는 나무 혼자만 있지 않다. 서로 맞물리고, 서로 뒷받침하면서 같이 산다. 인간이 사라진지 30여 년이 흐른 체르노빌은 현재 야생의 숲이 되었다는 다큐멘터리*를 보았다. 풀과 나무가 자라면서 작은 곤충들이 생겨나고, 작은 동물과 큰 동물들이 하나씩 모이다가 포식자인 늑대까지 나타났다. 아무도 살지 못할 것이라고 예상했던 곳에서 야생의 숲이 만들어졌다. 함께 살지 않으면 숲은 만들어지지 않는다.

사람들이 도시로 모인다. 도시는 어떻게 보면 인간이 숲을 보고 만든 인공적인 협업의 숲이다. 자연을 동경하고 좋아하지만 진짜 자연 가까이로 가는 사람들은 많지 않다. 점점 더 도시로 모일 뿐이다. 우리가 모여 사는 것에 이유가 있다면 서로가 서로에게 필요해서지 않을까? 나만의 공간은 줄어들 것이고, 나누어 써야 하는 공간들은 늘어날지 모른다. 협업의 숲에서 어떻게 살아야 할지 그 방법도 자연에서 얻었으면 좋겠다. 숲은 전체를 조망해서 만들어지기 때문이다. "문명 앞에 숲이 있고, 문명 뒤에 사막이 남는다."고 말한 19세기 프랑스 작가 샤토브리앙의 말이 무겁게 느껴진다. 숲의 원칙

---

* WWF와 넷플릭스가 공동 작업하여 만든 다큐멘터리 〈Our Planet〉.

에서 힌트를 얻었으면 좋겠다. 함께 살아가는 모든 존재에게
는 서로가 필요하며 소중하기 때문이다.

숲의 원칙에서 힌트를 얻었으면 좋겠다.

식물과 함께 사는 기적

식물을 키우는 사람에게는 식물을 바라보는 자기만의 무엇이 있다. 어떤 이는 흙 속에 심어진 줄기의 시작을 바라보고, 어떤 이는 동그랗게 말린 이파리의 속사정을 읽기 위해 바라본다. 또 어떤 이는 햇살을 받아 바닥에 떨어진 그림자에 시선을 주고, 멀찌감치 떨어져서 초록색 덩어리로 바라보는 사람도 있다. 바쁜 걸음으로 지나가던 어느 날, 어떤 식물이 뚜렷하게 나의 시선에 꽂히는 그때부터 새로운 시간이 시작된다.

나의 시작은 회사 근처 꽃집에서부터였다. 점심시간 커피 한 잔하러 간 곳에서 식물을 파는 코너를 보았다. '예쁘긴 한데…… . 내가 키우면 금방 죽겠지, 뭐.' 하고 다시 사무실로 돌아갔다. 삭막한 현실 속에서 뿌리를 내린다? 나는 그런 표현이 싫었다. 기왕이면 촉촉하고 살기 좋은 곳에 뿌리내리고 싶은 마음이 당연한 거 아닌가. 삭막한 곳에 뿌리를 내리는 선인장이나 다육식물처럼 단단한 맛이 나에겐 없었다. 짧은 시간 안에 온몸의 에너지를 가져다 후다닥 꽃을 피우고 초록색 이파리만 남아 있는 식물과 더 닮지 않았나 싶었다.

"생일 축하해. 뭐 갖고 싶은 거 있어?"

그때는 왜 그랬는지 모르겠는데 '지난번 그 꽃집에서 식물 하나 사고 싶다.'는 마음이 불쑥 들었다. 진짜 갖고 싶은 건 너무 비싸고, 그렇다고 지금 당장 필요한 생필품 같은 걸 사 달라고 하기도 그렇고, 적당히 여유로워 보이면서 속세에 찌든 것 같지 않은 느낌을 주는 물건으로 딱 적당했다. 그렇게 '더피고사리'를 선물로 받았다. 일주일에 한 번씩 물을 주라는 말에 월요일마다 출근과 함께 업무 루틴으로 자리 잡았다. 식알못의 손에서도 고사리답게 꽤나 잘 자랐고, 화분이 꽉 차게 풍성해졌을 땐 오히려 당황스러웠다. '아니, 이제 어쩌려고, 뭘 어떻게 해야 되는 거냐.' 어정쩡한 상태의 더피고사리를 들고, 샀던 가게로 갔다. 바쁜 업무를 벗어나 꽃집 사장님과 더피고사리를 그동안 어떻게 돌보았는지, 잘했다고 칭찬도 받고, 다음 목표 설정과 방향을 의논하는 일은 뭐랄까, 이제 먹고살 만해진 건가 싶을 정도로 여유로운 기분이 드는 일이었다. 분갈이를 마친 후 나는 할 일을 하나 끝냈으니 다시 바쁜 일상으로 돌아갔다. 그리고 혼자서도 잘 살 것 같던 늠름한 모습의 더피고사리는 내가 다른 것에 집중하느라 신경 쓰지 못한 사이에 줄기가 하나둘씩 시들어갔다. 식물과 함께 사는 기적이 과연 나에게도 올까.

몇 년 뒤, 나는 가위를 들고 다육식물 뿌리를 마구 자르기도 하고, 이파리를 똑똑 떼어내 며칠이 지나야 뿌리가 나는지 체크하기도 하고, 얼마나 물을 안 줘도 죽지 않고 살아나는지 실험을 하고 있었다. '너 내가 이렇게까지 했는데도 살아난다고?' 선인장과 다육식물이 수경 재배가 되는지 안 되는지 확인이 안 된 상태에서 유리병에 하나씩 담가 두는 실험을 했을 땐 식물이 불쌍하다는 악플 아닌 악플도 종종 달렸다. 물구멍이 없는 화분에서 어떻게 키우는지에 대해 글을 썼을 땐 그냥 다이소에서 천 원짜리 화분을 사서 키우는 게 낫겠다는 정성스러운 댓글도 보았다. 식물에 대한 글을 쓸 때 들었던 생각은 '악플도 참 착하다.'였다. 악플이라고 하기도 애매하지 않은가. 난 그저 식물을 좋아하는 사람들이 내 글을 읽어줬다는 것만으로도 기뻤다. 그리고 무엇보다 기뻤던 것은 식물에 관심도 없던 사람들이 관심을 갖게 되고, 재미있다고 좋아해 주는 것이었다. 나는 식물 덕분에 예정에도 없던 관심과 사랑을 받으며 꾸준히 글을 쓰기 시작한 셈이다.

이제는 햇빛이 잘 들어오지 않는 집에서도 여러 식물들과 함께 지낼 수 있을 정도의 인간이 되었다. 며칠 전에는 거의 2년 만에 새로운 식물들을 들였다. 모두 일곱 가지인데 아직 이름도 다 외우지 못했고 성향을 파악 중이다. 이 식물들은 커다란 택배로 우리 집에 도착했다. 운전면허는 있지만 차가 없는 나는 종종 인터넷으로 식물을 산다. 농장에서 바로 포트째 심어져 오는 식물들의 싱싱함이 집 안에 가득 찬다. 가습기가 필요 없을 정도다. 보통은 25~30%인 습도가 한번에 47%로 올라갔다. 대부분 진흙처럼 뭉쳐지는 흙, 수분을 잘 머금는 흙에 심어져 있는 걸로 봐서 꽤나 물을 자주 줘야 할 것 같다. 무미건조하게 정리되어 있던 집에 다양한 초록색들이 여기저기 어지럽히며 들어왔지만 기분이 좋다. 넉넉한 화분으로 분갈이까지 다 하고 나면 이 집에서 지내는 게 더 마음에 들 것 같다.

Green mind, green days

"
식물 킬러에게
보내는 편지
"

몬스테라 델리시오사
Monstera deliciosa

232

노란 인간에게

네가 예전부터 나를 마음속에 두고 있었다는 건 알고 있었어. 사람들은 나를 꽤나 좋아하거든. 나의 찢어진 잎이 너무 멋있다나 뭐라나. 내가 점점 커질수록 잎이 더 많이 찢어진다는 건 너도 알고 있지? 그런데 너의 집에서 새잎이 3장째 나오는데도 찢어지지 않은 온전한 잎이 계속 나왔다는 사실에 너는 나를 의심하더라. 몬스테라로 알고 골랐는데 다른 식물 아닌 거 아니냐고 말이야. 근데 말이야. 너 그거 아니? 나 아직 태어난 지 얼마 안 됐다.

내가 아직 세상을 산 지 얼마 되지 않았지만 이것만큼은 확실히 알아. 우리 엄마의 엄마의 엄마의 엄마, 아주 아주 먼 곳에서부터 나에게 전해져 내려오는 사실이야. '나만의 속도를 지킬 것.' 세상은 너무 다양하고 알 수 없는 곳이라 다른 속도의 삶을 사는 존재가 내 옆에 나타나면 아무래도 영향을 받게 돼. 어쩔 수 없지. 나도 벌새처럼 빠른 속도로 살고 싶기도 하고, 애벌레처럼 아주 느리게 살고 싶기도 해. 근데 빠르고 느리다는 기준이라는 게 뭘까? 모두가 다른 속도를 가지고 태어난 건 뭔가 이유가 있는 게 아닐까?

그리고 말이야. 내가 너와 함께한 첫 한 달 동안 깨달은 게 있어. 내가 그렇게 좋다면, 우리가 같이 잘 지내고 싶다면 알아둬야 할 거야. 일단 첫 번째, 밤에는 일찍 자렴. 너는 왜 밤늦도록 잠을 안 자니? 인간이 원래 야행성이었던가? 밤이 깊어도 환한 너의 집에 있을 때면 나는 뭘 해야 할지 모르겠어. 사실 우리는 밤낮을 확실하게 지키는 편이야. 인간으로 치면 아침형 인간이지. 아침에 일찍 일어나서 해가 뜨면 커튼을 좀 걷어 줘. 창문도 열어 주고. 바람이 내 잎을 톡톡 건드리며 지나갈 때가 제일 기분이 좋거든. 내가 기분이 좋아지면 너도 기분이 좋아지던데. 아무튼 부디 밤에는 일찍 자렴.

두 번째로는 봄, 가을만큼은 부지런을 떨어야 할 거야. 그때가 너의 관심과 도움이 가장 많이 필요해. 내가 말은 하지 못해도 온힘을 다해 몸짓을 할 거야. 그 변화를 알아차릴 수 있는 눈치를 길러 줬으면 좋겠어. 신경 좀 써 달라는 뜻이야. 진짜 관심이 뭔지 아니? 네가 알고 있는 지식만으로 예측하거나 미리 판단하지 않는 용기야. 진짜 눈으로 보고, 진짜 귀로 듣는 일은 사실 굉장히 어렵거든. 상대를 관찰하는 힘은 시간이 꽤 걸리고 인내가 필요해. 내가 알고 있는 사실이 다가 아닐 수도 있다는 것을 인식하고 매번 새롭게 들어 줘야 하는 일이니까. 지루하고 재미없는 일이지. 내가 다른 초록이들이랑 비슷비슷하고 똑같은 것 같지만, 나는 또 나대로 다르다고. 그러니까 호기심 가득한 눈은 언제나 환영이야.

그나저나 여름과 겨울엔 좀 쉬고 싶은 마음은 다 똑같은 가 봐. 나도 그렇거든. 그때 충분히 쉬지 않으면 진짜 속도를 내야 할 때 힘이 좀 달리더라. 아무래도 단단한 힘은 모두 쉴 때 만들어지는 것 같아. 너희 집에만 있으면 뜨거운 여름과 추운 겨울을 못 느끼기도 해. 네가 요란법석을 치며 밖에 나갔다 들어올 때면 그 날씨가 궁금하기도 하고. 어쨌든 마지막 당부는 이거야. 쉴 때는 쉬자. 어중간하게 말고, 제대로 쉬자. 그래야 네가 바라던 것을 해낼 수 있을 거야, 나처럼. 봐봐, 멋지게 찢어진 잎이 나왔잖아.

Green mind, green days

"
뿌리와의 대화에서
깨달은 것
"

산호 선인장
Rhipsalis cereuscula

아주 오랜만의 일이었다. 그날은 새로운 화분으로 이사하는 날이었다. 노란 인간의 집이 흙투성이로 변했다. 살면서 이런 날이 오다니 오래 살길 잘했다는 생각이 든다. 푹신푹신하고 촉촉한 흙냄새가 좋다. 나는 원래 커다란 산호 선인장에서 떨어진 줄기 한 가닥이었다. 떨어져 나온 나를 손가락으로 집어 든 노란 인간은 조그마한 뿌리 쪽을 흙 속에 꽂아 주었고, 그날 이후로 나는 또 하나의 그럴듯한 산호 선인장이 되었다. 가느다란 한 가닥의 줄기는 금방 쪼그라들었다가 흙 속의 물을 마시면서 다시 빵빵해졌다. 이렇게 여러 번 반복하고 나니 하나의 줄기는 두 가닥으로 나뉘었다. 이 두 가닥은 또 다시 두 가닥이나 세 가닥이 되고, 그렇게 1+1=3, 5, 7, 8……. 알 수 없는 이상한 법칙으로 자랐다.

주말이었다. 집 안에 있는데 내가 좋아하는 노래가 나왔다. 이 노래를 듣고 있으면 갑자기 기분이 좋아진다. 흙 속의 뿌리들도 아래로 춤을 추며 내려간다. 뿌리가 내려간 만큼 나도 위로 더 높이 자랄 수 있다. 흔들리지 않는 편안함은 흙 속에서 열심히 자리 잡은 뿌리 덕분이다. 뿌리는 컴컴한 흙 속에서 눈을 감고도 어디로 가야 할지 아는 것 같았다. 어떻게 방향을 잡고 길을 찾느냐고 물어본 적이 있는데 대답은 간단했다. "그냥 조금씩 앞으로 나아가는 거야." 가다 보면 막힌 벽이 나오는데 그 벽을 타고 옆으로 돌면 이게 네모난 화분인지, 동그란 화분인지 알 수 있다고 했다. 그렇게 몇 바퀴를 돌다 보면 가장 아래쪽 가운데에 구멍을 하나 발견하는데 거기까지 나가게 되면 신기하게도 높은 확률로 새로운 화분으로 이사를 가게 된다고 했다. 자기만의 꿀팁이라나 뭐라나.

나는 올라가는 게 좋다. 위쪽으로 올라가면 좀 더 따뜻한 빛을 만질 수 있을 것 같은 기분이 든다. 올라갈 때의 느낌이 좋다. 쭉 길게 당겨지는 느낌이 어디선가 나를 끌어당기는 것 같다. 저기 빛나는 해와 내가 연결된 느낌이랄까. 기분 좋게 스트레칭 하듯이 어느 정도 몸이 길어지면 잠깐 쉬는 시간을 갖는다. 이렇게 쉬는 동안 줄기의 마디마다 매듭을 묶어 놓으면 혹시나 땅에 뚝 떨어진다 해도 다시 뿌리를 내리고 살 수 있다. 내가 그때 살아남은 것처럼.

올라가면 올라갈수록 나의 줄기는 더 많은 갈래로 나뉜다. 처음엔 1개로 시작했지만 지금은 11개가 넘는다. 위에서 누군가 잡아당기는 것 같은 힘은 무한하지 않다. 한껏 풍성해진 줄기들이 무거워지면 다시 아래쪽으로 누군가가 잡아당기는 것처럼 늘게 된다. 그래도 나는 올라가고 싶다. 더 높이 더 멀리. 태양의 따뜻함을 더 많이 느끼고 싶다.

흙 속의 뿌리가 나에게 말했다. "하나에만 올인 하지 마. 힘들면 무너진다고." 뿌리의 말이 맞았다. 내가 더 높이 올라가려고 할수록 자꾸 무너졌다. 그런데 무너질 때마다 폭신한 흙에 떨어진 나의 줄기들은 그곳에서 뿌리를 내리고 다시 위쪽으로 올라갔다. 뿌리의 말은 반은 맞고 반은 틀렸다. 참 신기한 일이다. 나의 존재가 점점 더 많아질수록 아래로 떨어지는 숫자도 많아졌지만, 위를 향해 올라가는 숫자들도 더 많아졌다. 올라감과 무너짐을 반복하면서 깨달았다. 나는 이렇게 계속 올라가야지, 떨어져도 멈추지 않을 거야. 무너질 것을 두려워하는 존재가 있다면 나는 이제 이렇게 대답할 것이다.

"무언가 할 게 있으면 그냥 하는 거예요. 알죠?"

Green mind, green days

"
그림자조차 밝게
만드는 날
"

호프 셀렘
Philodendron selloum

도시 생활 3년 차, 마지막으로 바깥세상을 본 지가 언제였는지 기억이 나지 않는다. 시간을 막론하고 아무 때나 켜지는 노란 조명과 빛의 실루엣이 흐릿하게 떨어지는 네모난 창문, 종종 바깥세상을 보여 주는 TV가 내가 볼 수 있는 유일한 빛이다. 도시 식물의 현실은 이런 걸까? 혹시 나만 이렇게 사는 건가?

오늘도 어김없이 어제와 비슷한 하루가 시작되었다. 매일이 비슷한 것 같지만 다르다. 공기의 맛도 다르고, 밖에서 들려오는 소리도 다 다르다. 노란 인간의 기분도 매일 다르다. 어떤 날은 아침에 눈을 뜨자마자 잔뜩 찌푸린 못생긴 얼굴을 하고 있었고, 또 어떤 날은 영혼이 빠져나간 듯 멍하니 날 쳐다봤다. 가끔 기적처럼 벌떡 일어나 의욕 넘치는 하루를 보내기도 했다. 아무것도 하지 않는 날도 있었다. 푹신한 이불 속에 들어가 아무것도 하지 않는 건 어떤 기분일까? 뭔지 몰라도 행복해 보인다.

창문 밖으로 희미하게 비추는 햇빛이 그림자조차 밝게 만든 날이 있었다. 이런 날은 세상의 모든 것들이 행복해 보인다. 그림자에 숨겨 두었던 우울한 기운 없이, 모두가 잔잔한 모습으로 밝게 퍼진다. 나는 희미하게 퍼진 그림자를 좋아한다. 너무 뜨겁지도 않은 적당한 따뜻함을 갖고 있다. 너무 강한 밝음은 그림자를 어둡고 또렷하게 만든다.

나에게 산책할 수 있는 다리 같은 게 있었으면 좋겠다. 그럼 노란 인간이 집을 비운 사이에 창문을 열고 햇볕이 들어오는 난간에 앉아 일광욕을 할 수 있을 텐데. 상상만 해도 정말 좋을 것 같다. 흙 속에 숨겨둔 디저트를 꺼내 준비하고, 해가 들어오는 3시쯤, 아니 그 전에 미리 마중 나가 있어야지. 조금만 기다리면 서쪽 하늘에서 동그랗고 눈부신 해가 나타날 것이다. 따뜻한 햇살을 온몸으로 받고 있으면 나도 모르는 어딘가에서 뭐든지 할 수 있을 것 같은 에너지가 차오른다. 가능하다면 햇살을 물통에 한가득 담아 놓고 야금야금 꺼내어 먹고 싶다.

조그만 화분에서 보내는 시간이 점점 길어질수록, 나는 더 적은 것으로도 행복해지는 능력을 배웠다. 내가 갖고 있는 한 줌의 흙과 낡은 화분은 커다란 새잎을 만드는 데 부족함이 없다. 쓰러지지 않게 밑에서 잡아 주었고, 안전하게 보살펴 줬다. 더 큰 화분과 많은 흙을 가진다면 아마 더 많은 잎을 만들 수 있을지도 모른다. 그럼 그때는 또 그 상황을 만끽해야지. 내가 있는 곳에는 항상 기쁨과 슬픔이 함께 존재한다. 햇빛과 그림자처럼. 그리고 난 늘 기쁨을 선택한다.

나에게도 산책할 수 있는
다리 같은 게 있었으면 좋겠다…

우리 같이 잘 지낼 수 있을까?

누군가와 같이 사는 일은 눈치와 배려가 꽤 필요한 일이다. 그럼에도 같이 사는 것을 선택한 이유는 저마다 다를 것이다. 혼자서도 잘 살고 싶었던 내가 식물을 들이고, 같이 살고 싶은 사람을 만나게 되었다. 대체 무엇 때문이었을까. 사실 고민이 많았다. 함께 사는 게 뭔지, 어떻게 살아야 할지 몰랐으니까.

만나면 반갑고 같이 있으면 기분 좋은 사람들을 떠올려 보았다. 그들을 분석해서 공통점을 찾으면 나도 누군가에게 같이 있고 싶은 사람이 될 수 있을 것 같았기 때문이다. 내가 찾은 그들의 공통점은 세 가지다.

첫 번째, 잘 듣는 귀와 눈을 가지고 있다. 온몸으로 상대의 이야기에 집중하고 귀 기울일 줄 안다. 흐릿한 말투에서 전해지는 어떤 감정과 의도를 기가 막히게 알아차린다. 세상의 수많은 사람들 중에 나에게 집중해 주는 딱 한 사람만 있어도 어쩌면 그 인생은 괜찮은 것일지도 모른다.
두 번째, 상대를 있는 그대로 존중한다. 눈빛만 봐도 안다. 저 친구가 나를 진심으로 있는 그대로를 봐 주는지, 무의식적으로 나를 평가하고 깎아내리려고 하는지. 또는 자기 맘대로 해석해 버리는지. 친절한 척 꾸며진 태도는 오래 가지 않아 들통나기 마련이다. 있는 그대로로 바라봐 주는 사람과 함께 있으면 공기마저 편안하다.

마지막으로 세 번째, 만나고 나면 기분 좋은 에너지가 남는다. 뭔가를 더 잘하고 싶어지는 힘, 웃게 만드는 힘이 생긴다. 더 괜찮은 사람이 되고 싶어진다. 그래서 또 만나고 싶고, 같이 맛있는 밥을 먹고 싶고, 햇볕을 쬐며 나무가 많은 길을 같이 걷고 싶다.

좋은 사람을 만나기 위해 내가 좋은 사람이고 싶을 때, 나는 이 세 가지를 기억하려고 노력한다. 내 주변의 좋은 사람들이 나에게 알려 준 인생의 팁이다. 내가 만나는 모든 사람에게서 좋은 점만 보려고 하니 진짜로 좋은 점만 보였다. 밉거나 싫은 점들은 생각하지 않을수록 기분은 더 좋아졌다.

식물 킬러였던 내가 이제는 식물과 제법 잘 지낸다. 나밖에 모르던 내가 타인에게 깊은 관심을 갖기 시작했다. 정말로 식물은 키우는 게 아니라 같이 잘 지내는 것일지 모른다. 식물과 함께하는 집에서 살고 싶다면 인내심이 필요하다. 그건 누군가와 잘 지내기 위해 시간이 필요한 것과 같다. 내일 조금 더 자라지 않을 수도 있다. 하지만 언젠가는 분명히 조금 더 자랄 거라고 믿고 옆에 있어 주는 것이다. 잘 자랄 수 있을 거라는 믿음은 늘 옳다.

화분에 심어진 식물의 삶은 필연적으로 나의 삶을 따라간다. 내가 정신적, 시간적 여유가 있을 때는 식물도 건강하다. 반대로 스트레스를 받거나 우울하고 힘든 시간을 보낼 때, 너무 바쁜 일상 속에서 나 스스로조차 제대로 챙길 여력이 없을 때에는 식물도 같이 시들 확률이 높다. 식물이 자라는 과정이나 아팠다가 회복하는 시간 등 모든 것이 닮는다. 식물들을 관찰하고 있으면 나를 거울로 바라보는 것 같다. 그렇게 어제도 오늘도 내일도, 우리 집 식물들과 함께 나도 조금씩 자란다.

있는 그대로로
바라봐 주는 사람과
함께 있으면
공기마저 편안하다

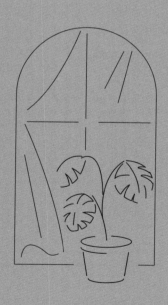

내 방의
작은 식물은
언제나
나보다 큽니다

초판 1쇄 발행 2020년 6월 22일

지은이 김파카
펴낸이 이광재

책임편집 김미라
디자인 이창주   **마케팅** 정가현   **영업** 허남

펴낸곳 카멜북스   **출판등록** 제311-2012-000068호
주소 서울 마포구 성지길 25 보광빌딩 2층
전화 02-3144-7113   **팩스** 02-6442-8610   **이메일** camelbook@naver.com
홈페이지 www.camelbooks.co.kr   **페이스북** www.facebook.com/camelbooks
인스타그램 www.instagram.com/camelbook

ISBN   978-89-98599-68-3 (03810)

깊은 산속의 메아리

❏ 365일 독자와 함께 지식을 공유하고 희망을 열어가겠습니다.
❏ 지혜와 풍요로운 삶의 지수를 높이는 아인북스가 되겠습니다.

깊은 산속의 메아리

초판 인쇄 2019년 12월 03일
초판 발행 2019년 12월 24일

지 은 이 | 김보순
펴 낸 이 | 김지숙
펴 낸 곳 | 아인북스
등록번호 | 제 2014-000010호
주   소 | 서울시 금천구 가산디지털2로 98
               (가산동 롯데 IT캐슬) B208호
전   화 | 02-868-3018
팩   스 | 02-868-3019
메   일 | bookakdma@naver.com

I S B N | 978-89-91042-78-0 (03810)

* 잘못 만들어진 책은 바꾸어 드립니다.

이 도서의 국립중앙도서관 출판도서목록(CIP)은 서지정보유통지원시스템 홈페이지(http://seoji.nl.go.kr)와 국가자료공동목록시스템(http://www.nl.go.kr/kolisnet)에서 이용하실 수 있습니다.(CIP제어번호: CIP2019046670)

깊은 산속의 메아리

김보순

아이북스

목   차

비발디를 들으며

    늦은 가을비가 아침부터 천둥번개를 동반하여 내린다.
나는 소낙비를 무척 좋아한다. 천둥과 함께 번개를 동반
하면 더 좋다. 어린 시절 어머니께서는 번개 속에 용이 있
다고 하셨다. 그래서 번개가 신비롭다.

    술은 전혀 못하지만 술 마시는 젊은이들을 보면 낭만적
으로 보인다. 그래서 나도 한 자리 차지하고 그들과 함께
현재의 나를 나누고 싶다. 물 한 잔도 술인 양 마시면서.

    글을 쓰며 유리창밖을 본다. 아름다운 4계절을 느낄 수
있어 행복하다. 가끔 우울한 날에는 술이 아닌 음악에 취
해본다. 안토니오 비발디의 <사계>를 들으면 시상이 저절
로 떠오른다. 회화적이고 표제음악적인 요소들이 음악에
대한 열정을 불어넣는다. 쉼 없이 변화하며 이어지는 솔
로 에피소드들은 대조적인 장면들을 생생하게 묘사한다.
콘체르토 알레그로의 핵심적 요소인 리듬과 더 느린 악장
의 아름다운 선율은 심금을 울린다.

    행복은 누구나 찾을 수 있지만 제각기 가는 길이 다르

다. 그래서 간혹 잘못 간 길에서 행복을 잃는다. 참으로 애석한 일이기에 적어본다.

할아버지께서는 일제 강점기 시절 독립운동을 하시던 독립운동가 36분 중 한 분이시다. 조상님들의 고귀한 뜻에 누가 되지 않도록 어려서부터 말과 행동거지를 조심하며 살아왔다. 집안가풍을 상처내지 않으려 애쓰며. 그래서 이 첫 시집을 발간하면서도 조심스럽다. 혹 조상님들께 누를 끼칠까 염려하는 마음에.

어린 시절 글쓰기를 좋아하여 자주 쓰고 학교에서 상도 여러 번 받았다. 성인이 된 후 오롯이 내 글을 쓰기에는 사는 것이 바빴다. 6년 전 남편을 저세상으로 보내고 하나뿐인 딸아이도 이제는 제 몫을 하는 성인이라 시간과 마음의 여유가 생겨 틈틈이 쓴 글을 출간하기로 마음먹었다.

졸고지만 독자 여러분께 가신 남편에 대한 그리움과 아름다운 삶을 이야기하고 싶어 책으로 엮었으니, 넉넉하고 어여쁜 마음으로 읽어주시면 감사하겠다.

2019년 늦은 가을에

김보순

깊은 산속의 메아리

산에는
산들이 멍게처럼 모여 살고 있습니다.
산은 나무들을 자식처럼 키우며
세월의 슬픔과 기쁨을
새들과 하늘 높이 날리고 있습니다.

구름 몇 개 겨드랑이에 끼고
금빛 나는 바람이 찾아오면
그때서야 산은 옷을 갈아입습니다.

산의 부산함으로 계곡의 꽃들은
저마다 색색의 집을 짓기 시작하고
가사도 없는 노래를 부르는 시냇물이
시간의 나뭇잎을 하나씩 띄우고 있습니다.

그러면 산은 깊은 하늘의
바다를 거닐면서 낮은 메아리로
사랑의 음계를 씁니다.
도 레 미 파 솔 라 시 도
이별보다 아픈 사랑.

제1장

사랑의
연가

미친 사랑

사랑이 좋대요.
사랑에 빠져서 정신을 못 차리겠대요.
도대체가 다 필요 없대요.
사랑만 있으면 된대요.
부귀영화를 잡지 않았어요.
명예도 돈도 놓았어요.
그렇게 하얀 천사 같은 사랑을 찾아갔어요.
그리고 그들은 스스로 꽃 궁전을 지어 행복하대요.
항상 그들은 그렇게 뜨거운 사랑을 한대요.
그들은 그렇게 항상 청춘이에요.
그들은 사랑의 늪에 빠져 울부짖었어요.
사랑한다고 외치며 그렇게 미쳐버렸어요.
뜨거운 사랑의 피가 거꾸로 솟듯이
그들의 사랑은 그렇게 태양처럼 불탔어요.
그리고 세상의 흐름에 역행하였어요.
무엇보다 어여쁜 그녀이기에
그는 미친 사랑을 했습니다.
나도 너희를 뜨겁게 사랑해.

— 돈과 명예를 버리고 사랑을 택한 아우에게 바치는 시

슬픈 진실

둘은 그렇게 사랑했대요.

15살 소녀와 22살의 젊은이였지요.

소녀는 그렇게 뜨거운 노래로 그를 유혹하여

아름다운 사랑의 찬가를 부르며

젊은이는 소녀에게 홀려

사회에서 이탈하여 사랑의 도피를 하였대요.

소녀는 사랑에 빠져

그와 끝없는 도피로 그와 함께 사랑하였대요.

그리고 세상에 쫓기다

그들은 함께 껴안고 자살하였대요.

— 어느 슬픈 사랑을 애도하며

사랑의 연가

사랑은
슬픈 것입니다
여름날의 소나기처럼
천둥과 번개를 동반하여
맨발로 빗속을 달려도
슬퍼지기만 하는
괴롭고 외로워지는 것
그것이
사랑입니다.

— 소나기가 퍼붓는 것을 보며 어느 새벽에

사랑의 의미

세상에서
가장
소중한 것이
사랑입니다.

아무리
물질 범람하는
사회 풍조가 만연해있지만...

그래도
사랑의 진실을
외면하는 것은
너무도
병든 인격이지요.

— 애달픈 나날들

소낙비

저기
저 빗속을
걸어가는
연인을 보세요.

작은 우산에
두 사람이
서로를 보듬고
빗속을 거닙니다.

빗소리는
쇼팽의 왈츠를 타고 내리고
그들은
참으로 아름답습니다.

비는
나를 향해 억수로 내리라지요.

— 투명 비닐우산을 쓰고 소낙비 속을 거닐었던 날에

떠나는 사랑

시간은 그렇게
그냥 여린 나뭇가지 사이로 흐르라지요.
사랑은 그저
처음 만났을 때 뜨거웠어도
시간이 흐르면 모두 정열에 타버려
까만 재가 되었지요.
뜨겁게 사랑한다고 해도 영원하지 않은 사랑
떠날 때는 울지 말아요.
눈물은 당신의 아름다운 사랑이니까요.

— 이별하는 연인을 위하여

서글픈 그대

아름다운 그대 왜 그리 서글프신지요.

그대의 뺨에 눈물이 흐르면

조각달님이 눈물지으며 노 저어 떠날 겁니다.

조각달님과 함께 눈물 흘리며 슬픈 연가를 불러보세요.

달님의 눈물은

밤하늘의 까만 진주되어 그대의 품속에 쏟아지겠지요.

나도 함께 이 밤 조각달을 보며

슬픔에 눈물 흘리고 있습니다.

내게서 떠나간 그대

그때는 너무도 아름다운 사랑이었기에

괴로움에 눈물 흘렀습니다.

하지만 이제 우리의 사랑은

아픈 가슴을 안고 몸부림칩니다.

그대 그때 떠나가시던 날 나는

떠나는 그대 뒷모습 보고 가슴 치며 통곡했습니다.

사랑하기에 그대와 나는 서로

젊은 객기로 몸부림치며 통곡했습니다.

나의 너무도 사랑하는 그대

그리움이 바다와 같습니다.

— 이별하는 젊은이들

너무 아름다운 그대

그대,
눈물 어린 뺨으로 나를 보아요.
아름다운 그대,
그대는 나의 영원한 사랑입니다.

그대는,
부끄러운 슬픈 소녀였고
나는 그대를 지키는
그대를 위한 흑기사가 되고 팠지요.

그대,
발그레한 발꿈치에 예쁜 날개 달고
나에게 살포시 날아 와주세요.
부끄러운 나는 느티나무 뒤에 숨어
아름다운 그대를 훔쳐볼게요.
구름 드리워진 아름다운 달빛에 빛나는
하늘의 선녀 같은 고혹한 그대
사랑합니다.

— 부끄러운 소년소녀의 사랑

첫사랑

자꾸만 마음이 설레요
그대가 나의 첫사랑인가 봐요
그대의 눈빛이 한없이 신비해보여요
우리는 안개 속에 버려진 연인입니다
눈물 흘리지 않으려 해도 끝없이 눈물이 흘러요
그대를 나의 기억 속에 그리면
그대는 안개 속에 묻혀 사라져버리고
잡을 수 없는 안개 같은 그대
내 첫사랑을 어찌해야 할까요?
한 번만 더 내게 다가와주세요
내 곁에 있어주세요
풋 사랑이래요
울지 마요
사랑이 그래요, 미치도록 울고 싶고
사랑인데 왜 이리 슬픈지 알 수 없어요
눈물 흘리며 둘이어서 행복한 마음
그것이 사랑이지요, 그대 내 사랑.

― 설레는 내 마음으로

사랑과 죽음

하늘에서 억수 같은 빛나는 황금가루가
비처럼 내 머리 위로 떨어지네요.
나는 날아서 천국을 찾을 겁니다.
그리고 그대들의 아름다운 모습을 보며
하늘의 신들을 찾을 것입니다.
나의 사랑하는 그대는
그러한 나의 시선이 허공을 봄에 슬펐대요.
나의 사랑은 차라리 하늘로 날아올라
함께 천국을 찾아 가자네요.
삶은 슬픈 것
기쁨은 그저 지나가지요.
하지만 슬픔은 머물러 가슴 속을 파고듭니다.
그대를 기다리며 타는 마음을
애써 감추고 울었답니다.
나의 시선은
그대의 까맣게 타들어가는 마음을 모르고
그대는 나의 사랑을 기다리며
그대가 흘린 눈물이 비가 되어 나를 적셔도
무정한 나는 애타는 그대를 바라보지 않으니
마음이 까만 재가 되어

검은 눈물로 나의 심장에 잠겼지요.

그대는 차라리

그대와 나 함께 죽음으로

영원한 사랑을 맞이하자고 하네요.

하지만

그 죽음이 우리의 삶을 바꾸어놓지 않습니다.

죽음은

영혼이 힘들게 가야하는 길이 있기에 그렇습니다.

— 죽도록 사랑하기에

사랑이란

사랑이란
그런 거래요.
부귀영화를 다 버려도
행복한 것이 사랑이래요.
그 무엇도 두렵지 않고
둘이서 함께라면 행복하대요.
자꾸만
연인을 잃을까봐 두려운 것이
사랑이래요.

— 사랑의 의미를 생각하며

소나기 억수로 내리던 날

소나기가 내리는 여름 날
그 남자와 그 여자는 우산도 안 쓰고
함께 빗속을 질주했습니다.
비는 거세게 쏟아지고
천둥번개는 하늘이 무너지기라도 한 듯 번쩍이며
굉음을 토했습니다.
두 연인은 쏟아지는 비를 맞으며
서로 두 손을 맞잡고 빙글빙글 돌았습니다.
여자의 손에는
비에 젖은 하이힐이 들려있었습니다.
연인은 큰 소리로 외쳤습니다.
"사랑해, 너무도."
"나도 너를 너무 미치도록 사랑해."
연인의 사랑의 외침은 빗소리와 함께
천둥번개 소리와 함께
너무도 아름다운 음률이었습니다.
연인은 소나기에 미쳐, 사랑에 미쳐
두 볼에 흐르는 눈물은 비와 함께 섞여 흘러내렸습니다.

— 빗줄기는 사랑을 타고

이별을 준비하는 사랑

언제나 이별을 준비하며 사랑을 하지요
사랑은 이별이 아프기에 너무 밀착하게 되는 것
사랑은 어느 날 갑자기 다가올 수도 있기에
언제나 준비해야 되고
그 사랑이 끝나면
어디 구석진 선술집에서
막걸리나 사발로 들이키며
술에 인생을 맡기고
실컷 울어나 보지요
그래도
마음이 너무 아프면
어느 길목 가로수에 기대어
그녀의 아름다움을
실컷 가슴 아파하며
생각해보지요.

— 사랑은 가슴 아픈 것이기에

제2장

그대 떠나던
그 날의 아픔

그대에게 1

사랑해

너무도 그대를 사랑해

그대를 생각할 때마다

너무도 사랑해서 눈물이 흐릅니다.

사랑의 나의 눈물을 그대의 하얀 손으로 받아주세요.

그리고 온종일 꿈속에마저 나만 사랑해주세요.

그대 없는 세상 나는 어떻게 살아갈 수 있을까요?

미치도록 이렇게 사랑합니다.

그대의 모습은

나의 안개 속 희미한 신비하고 아름다운 사랑입니다.

사랑합니다.

미치도록 사랑합니다.

태양처럼 그렇게 나의 마음속 깊이 그대를 사랑합니다.

— 나의 첫사랑 그대에게 바치는 시

첫사랑 그대에게

그립다고 하면
그대를 향한 나의 사랑이
그대에게 모두 나의 뜻을 전할 수 있는지요?
너무도 미치도록 그립고 사랑하는 그대
그대는 지금 제 생각을 하고 계신지요?
나는 그대 생각에 잠 못 이루고
이렇게 아름다운 나만의 연가를
그대에게 보내고 있습니다.
온종일 구름 한 점 없는 푸른 하늘이 아름다웠지요.
하지만
그대를 향한 나의 사랑은 외롭기만 하고
슬픔에 눈물이 흐릅니다.
사랑은 아름답다고 어느 무명 시인이 노래했지만
그대를 향한 내 사랑은 슬프기만 합니다.
그리운 그대 나 곧 그대를 만나러 달려가고 싶습니다.

— 첫사랑 그대를 그리며

떠나간 그대

그는 갔습니다
별이 빛나는 한밤을 연주하던 그는
저 먼 여정을 타고
하늘의 길을 찾아 떠났습니다
이 밤은 까맣게 타며
별빛을 모아
꽃수레에 꽃과 함께 가득 싣고
나의 밤에 보내주고
하늘을 훨훨 날아
인생 즐거웠다고 노래 부르며
가끔은 달빛 소나타를 내게 보내며
나를 연모하였습니다
그러나
그는 이제 떠나고
밤의 그 모든 어둠을 누리던 그는
아무런 생각 없이
생각마저 털어버리고 떠났습니다.

— 하늘나라로 가버린 그를 애도하며

내 흐르는 눈물의 의미

나는 슬퍼서 울지 않습니다.
사랑의 눈물을 흘리는 것이지요.
그리고 그대의 환상을 훔쳐보며
애절한 연가에 홀리어
삶의 희열을 느끼며
흘리는 눈물인 것을 알아주세요.
그대는 머리에 아름다운 안개꽃 화관을 이고
내게 달려오는
하얀 나래 옷을 입은 사랑이지요.
그대의 연가에
그리고
너무도 아름다운 신비한
그대에게
바치는 시입니다.

— 어느 날의 그대를 생각하며 사색에 잠기어

사랑의 눈물

사랑합니다.

나의 눈물이 흘러 넘쳐 강물을 이루도록

나 그대를 사랑합니다.

사랑은 행복하고 아름답다고

많은 시인들이 시를 읊었지만

왜 나는 슬픈 것일까요?

아무도 그 누구도 모릅니다.

이루어질 수 없는 사랑도 사랑인지요?

그대와 아름다운 무지개를 타고 날아가고 싶습니다.

하지만 그대는

나의 곁에 있지 않습니다.

멀리서 바라볼 수밖에 없는 그대.

그대, 나는 왜 이렇게 불행한 사랑을 하는 것일까요?

저 먼 하늘의 천국 어딘가에서

그대와 함께 사랑을 이룰 수 있을까요?

아름다운 무지개는 그대와 나를 기다리고 있습니다.

우리는 결코 이루어질 수 없는지요?

— 흐르는 내 눈물의 의미

이루지 못한 사랑의 슬픔

애처로이 그리운 그대와 이루지 못한 사랑이
너무도 가슴 시리게 슬픕니다.
무슨 까닭으로 우리는
이별의 괴로움을 숙고해야 하는 것일까요?
그대와 나 아무도 모르는 먼 미지의 섬으로
사랑의 도피를 한다면...
그러면
이루어질 수 있겠지요.
이렇게 그대를 그리는 나의 마음은
눈물로 가득합니다.
그립고 너무도 애절한 그대
지난날처럼 나의 귓가에 사랑한다고 속삭여주세요.
그대가 너무도 그리운 나는 이렇게 슬피 울고 있습니다.
그대 밤하늘의 달을 보세요.
슬픈 나도 밤하늘의 아름다운 달을 볼게요.
우리 밤하늘의 달을 함께 보며
같이 아픈 마음으로 애절한 마음으로
사랑을 나누어주세요.

— 그리움 그리고 그대

그래도 그대이기에

비 그친 뒤 아련히 떠있는
아름다운 무지개를 보며
그대를 생각합니다.

멀리 계신 그대,
모든 시간 내 눈앞에 있는 그대
너무 그립습니다.
멀리 계셔도 얼른 달려가고 싶지만
왜 이리 시간은 길기만 한지요?
사랑합니다.
진실한 마음으로 그대가 그립습니다.
슬픈 사랑에 나의 마음은
그대를 사무치게 그리며
날마다 눈물이 흐릅니다.
우리 다시 만날 그날까지
무탈 하소서.

— 꼭 하나의 사랑

그대 떠나던 그 날의 아픔

아름다운 그대 왜 그리 서글프신지요.

그대의 아름다운 뺨에 눈물 흐르면

달님이 눈물짓습니다.

달님과 함께 눈물지으며 슬픔의 연가를 불러보세요.

달님의 눈물은 어둔 밤을 닮은 까만 구슬 되어

그대의 품에 떨어질 겁니다.

나도 함께 이 밤 달님 보며 눈물 떨구지요.

나의 품에서 떠나간 그대, 나의 다프네.

그때는 너무도 아름다운 사랑이었기에

나의 눈물이 바다였습니다.

하지만 이제 우리는 사랑의 아픈 가슴을 안고

사슴 같은 슬픈 긴 모가지가 되었습니다.

그대, 떠나시던 날

나는 우리의 운명을 한탄하며 목 놓아 통곡했습니다.

그 통곡의 한은 지금도

나의 가슴 깊은 곳에 서리가 되어 서려있지요.

사랑하기에 지금도 이렇게 목 놓아 울고 있지요.

너무도 사랑하고 그리운 그대.

— 돌아오지 않는 강

서글픈 사랑

사랑하면 뭘 하나
사랑도 한낱 무지개처럼 잠시 아름답지만
어느새 사라져버리는 것을
그 누가 사랑을 쫓아서 끝이 없는 길을 떠나는지
슬프기만 한 인생
먼지와 안개 속에서 희미하게 떠나는 슬픈 사랑
사랑은 영원할 수 없는 것
말을 달려 들판의 무지개를 홀로 바라봄에도
잊을 수 없는 것은 사랑
왜 사랑은 괴로움에도 잃고 싶지 않은 것일까
마음이 무너져도 잡고 싶음은 왜일까
신은 우리 가슴에 사랑을 불어넣어
큐피드의 화살에 핑계를 대고
우리의 사랑을 바라보며 검은 눈물을 흘리고
마치 봄날의 아지랑이 속으로 사라지는 그대를 보며
우리의 이별을 신께 원망하지만
부질없는 사랑
그러한 사랑을 그대와 나는 왜 짊어져야 하나?

— 그대와 나의 슬픈 사랑

그리움 1

달려라 백마야
달리고 달려서
하늘 끝까지 달려보자.
그곳에 가면
먼저 가신 내 님
그곳에 계시려나...

— 떠나가신 임 그리며

제3장

떠나가시는
님이시여

떠나가신 님이시여 1

님이시여, 가셨습니까!

그 먼 길을 어이 홀로 가셨습니까?

무엇이 그리 역겨워

빠른 걸음으로 가셨습니까?

보고픈 나의님이시여!

애타게 슬픈 모습을 감추고 그리 가셨습니까?

다정했던 님이시여!

그대가 너무 그립습니다.

야속한 하늘은

님을 어이 그리 일찍 부르셨는지요.

한 서린 나의 마음을 헤아리시는

그리운 님이시여!

그 많은 슬픔을 안고 그리 가셔야 했습니까?

죽음을 앞두고 두려웠을 그대를 생각하면

내 마음이 너무 아팠습니다.

— 님과의 추억을 그리며

사랑하는 내 님

무지개 타고 오신 그대는
나의 사랑 나의님이십니다.
저 먼 세상 어디선가 나를 보고 계신 님
그립고 보고 싶습니다.

그대는 나의 손길이 닿지 않는
그 어느 세상에 계실까요?
그대의 연가는 내 귓가에 들리고
그대는 연가를 부르며 울고 계신 나의님이십니다.

그대 무지개를 타고 내게 달려와 주겠다고
속삭여주세요.
연가 속에서 그대의 숨결을 들으며
나는 그대 그리워 눈물짓고
그대는 고혹한 향기로
나를 향해 눈물 흘리고 계십니다.

진정 그리운 그대의 향기는
푸른 바다 속 넘실거리는 파도를 타고
그대와 나는 온통 서로를 그리워하며

파도 속에 몸을 맡겨보지요.

너무도 그리운 그대의 품 속
나의 사랑 나의 님
아름다운 나의 연가에 취해버린 그대
나에게 달려 와주세요.
그리고 그대의 연가를 들려주세요.

그대의 연가는
나의 가슴에 사랑이 일어
눈물이 흐릅니다.

— 적막한 밤에 그대 그리며

떠나가시는 님이시여 2

지금 가면 언제 오나, 이제 못 오실 님이시여!
보고파도 볼 수 없는 그 곳으로
무덤만 남기고 가십니다그려.
저 하늘에 가시면 천국에라도 가시나이까.
무덤에 풀만 무성해도 울지 마소.
이 몸 그대 떠나가시면 어디론가 가버리고 싶소.
님이시여 가시는 길 밝게 어둡지 마소.
이내 몸이 흘리는 눈물이 흘러
님 가시는 길 못 건너게 강이라도 이루려오.
그대 처음 만나던 날 궂은비가 내렸지요.
그대와 나 행복 속에서
빗속을 마구 거닐며
사랑을 속삭였습니다.
이제 이 몸 홀로 남겨두고 떠나시는 님
나를 영원히 잊지 않노라 던 약속 잊지 마소.
쓸쓸한 이 몸 슬픈 눈물의 강에 빠트려놓고 가시는
무정한 그대, 나의님이시여.

— 가신 님 영전에

떠나는 그대

사랑하는 그대 왜 떠나는지 모르겠대요.

간밤의 비가 그토록 내리더니

그대가 빗속에서 떠나고 싶대요.

이제 이별인가 봐요.

이토록 사랑하는데

이별하고 싶지 않은데 그대와 나 이별이래요.

그대가 나 보고 싶지 않다고,

그립지 않다고 이별이래요.

나는 너무 서글픈 마음에

그냥 술독에 빠진 스님이 되어버리고 말 겁니다.

인생을 통달해 너무도 허무한 인생이 괴로워

술을 탐닉한 스님은 인생의 모든 것입니다.

그대 떠나버린 나는 차라리

술독에 빠진 스님이 되고 싶습니다.

돌아 와주세요, 너무도 보고픈 그대.

내 뺨 위로 흐르는 눈물을 닦아주세요.

너무도 그리운 그대.

— 그대 돌아와 주실 수는 없는지요?

이별의 연인에게

가실님은 가시라지요.

이내 몸 다른 사랑 찾아 눈물을 감추리오.

가실 때 이내 몸 한 번만이라도 돌아봐주시옵소서.

차가운 님

이른 겨울 새벽 서리와도 같이 차갑습니다.

나는 어느 곳에서 잃은 님을 찾지요?

가슴이 너무 저리고 아파 허공만 바라봅니다.

이 몸 사랑하실 때는 진실이었냐고

이내 몸이 물으면 대답이라도 해주오.

차라리 죽고 싶어

이 몸은 벼랑 끝에 서서 눈물을 짓습니다.

그대는 이제

내 님이 아니시지요.

그대의 침묵에

이내 몸은 차가운 서리가 되리요.

지난날 행복했던 그대의 사랑은

진실이 아니신지요.

차라리 이내 몸을 주검으로 끝내고 가시옵소서.

— 부디 떠나지 마세요.

돌아갈 수 없는 사랑

그대와 나 그 때 그 시절로 돌아갈 수 있다면
나 그대 위해 나 모든 것, 모든 것 다 버리리오.
그대는 내게 돌아와 주실 수 있는지 대답해주소서.
그대와 나는 뜨거운 사랑에 서로를 바라보았지요.
그러나 나를 외면해버린 나 홀로 외로운 이내 몸 보듬고
목 긴 사슴처럼 슬피 울어버리지요.
숲은 뜨거운 여름 날
이 몸의 서리가 되어버린 마음을 외면하지요.
이내 몸은 그대를 왜 사랑하게 되어
목 놓아 울며 괴로운지요.
무정하게 슬피 우는 이내 몸 놓아두고
떠나가신 님 생각하면
괴로움이 봇물처럼 밀려와 울부짖는 날이
하루 이틀, 그리고 사흘...
그대 그 때는 진실한 사랑이었는지요?
그대와 나의 사랑의 언약은 내 마음속 깊이 묻혔으니
그대 마음은 비우소서.
무정한 내 님, 내 사랑이시여.

— 슬프기만 한 사랑

그대에게 2

오늘은
그대를 그리며
꽃길을 걸었습니다.

꽃길은
살랑 바람이 불어
꽃잎들이 비처럼 쏟아집니다.

그 아름다움에 빠져
마냥
꽃비를 맞으며 걷고 싶었지요.

— 꽃비에 취해서 그대를 생각하며

떠나 가버린 그대

그대는 그때 돌아오지 않으셨습니다.
그리고 그대의 사랑어린 편지를 기다렸지만
그대는 미치도록 사랑하는 나를 외면하고 떠나며
나를 잊지는 않으셨는지요?

무심하게 흐르는 세월 따라
달님은 숱한 세월을 흘렸고
당신에게서 흐르는 연가는
나의 가슴을 엡니다.

신은 우리의 뜨거운 심장이 뛰는
사랑을 내던지고 떠나셨지요.
그대는 나의 영원한 사랑입니다.
지금도 나의 심장은 당신을 향해 고동치고
그대 그리워 울부짖지만
그래도 세월은 흘러만 가고
너무도 보고 싶은 그대이기에
이리도 가슴이 에입니다.

— 돌아오지 않는 강

영영 가버린 그님

사랑을 잃고 슬픔에 헤맵니다.

내 마음 온통 떠나간 그대 생각에 심취해

어찌해야 할지 모르겠습니다.

나의 마음은

그대의 떠나시는 뒷모습을 보며 갈가리 찢기고

심장의 고동소리도 멈추어질 것 같이 아픕니다.

온통 그대 생각으로 가득했던 나의 마음은

이제 무엇으로 달래야하는지요?

그대는 그렇게 떠나고 홀로 남은 나는

그대가 그리워 우리가 함께했던 텅 비어버린 공간에서

홀로이 눈물 흘리고 있음을 아시는지요.

그대 그때는 이 곳에서 나와 함께 행복했지요.

그러나 그대는 이제 이 곳에 없고

나도 이제 그대와 사랑했던 이곳을 떠나야겠지요.

먼 훗날 그대 이 곳을 기억하여 찾아오면

나는 이 곳에 머물러 있지 않습니다.

그대와 나는 이별을 했으니

이곳은 나에게 아무런 의미가 없습니다.

그대 미치도록 그리운 내 곁에서

사랑함에 울부짖던 그대

어찌 그렇게 돌아서 나를 차갑게 외면하셨을까요?
내 안에서 흐르는 나의 눈물은
그대에게 흘러가지 않을 겁니다.

— 얼어붙은 사랑

님의 방랑

님이시여

등에 바랑을 메고 방랑자가 되셨습니다.

그리도 늠름하시던 나의 님

이제 모든 것을 다 잃고

그렇게 슬픈 방랑자가 되어 고독하십니다.

동가숙 서가식하시며 방랑자 김 삿갓이라도 되셨습니다.

부디 세상 원망 말고 평안하소서.

그대 늙어 앉은뱅이가 되어도

지난 시절 늠름하셨음을 잊지 마소서.

홀로 가시는 길 비바람이 불거든

저 하늘에 이글거리는 태양을 향해 가소서.

슬픈 자들이 그대 오라고 손짓하면 가지 마소서.

그대가 있는 곳이 사랑이요, 운명입니다.

— 슬픈 나의임시여

제4장

연인보다
깊은 사랑

연인보다 깊은 사랑

나의 어머니 울지 말아요.

나의 아름다움에 빠져 몸부림치며 울지 말아요.

나는 당신의 분신입니다.

어머니는 사랑이 무엇인지 알고 계십니다.

어머니의 아름다운 딸

이제 사랑을 알게 되었습니다.

네, 어머니 저는 사랑에 빠져 울부짖고 있습니다.

사랑에 빠져 헤어나지 못하고 있습니다.

어머니 저의 뜨거운 눈물을 닦아주세요.

그리고 저의 뜨거운 심장 소리에 귀기울여주세요.

우리는 너무도 사랑하고 있습니다.

너무도 사랑해서

저의 뜨거운 심장이 터질 것만 같습니다.

— 어머니를 그리며

형제의 꿈

나의 사랑하는 형제들이여

나를 보세요.

우리의 아름다운 우애로 무지개를 보세요.

사라져가는

아름다운 무지개를 그리워하세요.

그리고 우리 모두 삶을 느끼며 노래 불러요.

아름답고 애절한 노래로

거칠게 내리는 비의 의미를 생각해보세요.

인생의 마차를 타지 말고

슬픔의 눈물도 흘려보세요.

인생의 마차는 홀로 달리게 내버려둔 채

우리에게 다가올

아름다운 미래를 꿈꾸세요.

우리를 내리쬐는

한여름의 작열하는 태양을 타고 질주해요.

아름다운 낙원의 꿈을 꾸면서...

— 사랑하는 나의 형제들에게 바치는 시

어머니의 그 깊으신 사랑

어머니는 산입니다

어머니는 바다입니다

어머니의 손은 새벽이슬입니다

어머니의 사랑은 강처럼 묵묵히 흐릅니다

어머니의 방은 역사입니다

어머니의 장독대는 조용하고 아름다운 희생입니다

어머니의 기다림은 긴 그림자입니다

어머니의 사랑은 지는 노을입니다

— 늦은 오후 자녀를 기다리는 어머니의 긴 그림자를 보며

아름다우신 나의 어머니

어머니
어머니의 연분홍 치맛자락이
바람결에 날리고 있어요.

서당 길에는
비가 내리고
비를 쫄딱 맞으며
서당을 다녀오시네요.

— 그리운 나의 어머니

후회

내가
나의 살을
칼로 저며 낸다한들
불효자식 때문에
가슴 아픈
내 아버지 고통만큼 되리오.

요즘은 어머니가
너무
그립습니다.
어머니의 따스하고
포근한 품이
그립습니다.
너무도 그리운 어머니.

— 그리운 나의 부모님

옛 시절에는

옛날에는 있었지.

고려장.

너무도 가난하여 늙은 부모를 산속에 버렸지.

그리고

버려진 부모가 그리워 통곡하며 날마다 너무 울었지.

우리는 알고 있다네.

그들 모두 천국에 있음을.

하늘이 슬피 울며 그들을 달래었지.

그리고

그들의 고요의 노래를 부른다네.

부디 태양이 그들이 떠나온 고향에 작열하기를.

비가 내려도 눈이 내려 쌓여도

즐거웠던 그 어린 시절과

젊으셨던 부모를 생각하면

눈물이 흐르고 가슴 아팠지.

그렇게 그 시절은 가고

그들의 설운 세월의 강물도 묵묵히 흐르며

말이 없다네.

— 슬픈 그대들의 영혼에 바치는 시

그리운 나의 어머니

어머니 울지 마세요.
저 하늘 천국에서 나를 지켜보며
울고 계실 나의 어머니
그립습니다.
어머니,
어머니의 흘리시는 눈물이 빗물 되어 내릴 때 저는
울고 계신 어머니의 모습을 봅니다.
무엇이 슬퍼 그리 울고 계세요.
세상이 아름답다고 어머니는 저에게 말씀하셨지요.
아름다운 나의 딸
아름답다고, 사랑한다고, 아름다운 것만 보라고
어머니는
저에게 말씀하셨지요.
아름다운 딸이라
항시 마음 놓을 수 없다 하시던 나의 어머니
하늘나라에서도 나를 지켜보시며
걱정하시는 나의 어머니...

— 어머니의 사랑을 생각하며

슬픈 운명

뻐꾹새는 그렇게 봄날 내내 울어요.

"아가야, 엄마 여기 있다."

"뻐꾹, 뻐꾹."

내 새끼 품지 못하는 운명이 슬퍼서 울어요.

아픈 마음으로 아기를 부르며

봄날 내내 한을 가슴에 품고

그렇게 울고.

아기 새는 어미 마음 모른 채 날아 가버리고

어미는 새끼 그리워해도 가버린 아기 새

아기 새는 어미의 마음 몰라요.

그냥 그렇게 자라서 자신이 물려받은 운명을 몰라요.

푸른 하늘과 작열하는 태양 아래서

어미 새는 그렇게 울었고,

아기 새는 언제부터인가

누구인가 그리워지나 봐요.

　　　　　　　　　• — 뒷산 뻐꾹새의 울음소리를 들으며

호상

아버지의 죽음이
슬프다고
춤을 춥니다

님은 울면서
그리고 웃으며
춤을 춥니다

아버지시여,
하늘 가득 너울대는 색동비단을
사뿐히 지르밟고
가시옵소서.

— 꽃상여에 가시는 시아버님의 장례를 치루고

회상

나의 이 작은 몸에

어느덧

수십 년의 세월이 담겼습니다.

나로부터 달성되기를 바랐지만

이제 시간 흐르는 것이

시계 초침의 움직임마저도 싫습니다.

부모님의 늙어 가심을 헤아릴 줄 몰랐지만

이제 세월이 흘러감을 헤아립니다.

옛 시절 길을 걷다보면 들리던 음악을

이렇게 다시 접하니

그 어린 시절

나의 아름다운 생을 이렇게 다시 접하니

그 어린 시절 나의 아름다운

삶을 나를 인정하게 합니다.

그 시절 나는

나의 젊음과 젊은 분위기에 빠져

술독에 빠지는

객기를 부리기도 했지요.

나의 젊음은 이제   나의 2세가 물려받아

자신의 젊고 아름다움을 뽐냅니다.

'아, 세월은 그렇게 가버리는 것이 아니라
저리도 나의 2세에게 다시 담기는구나!' 하고 느낍니다.
그리고 이제
나는 고단한 몸으로
게으른 나의 몸으로 잠꾸러기가 되나봅니다.
사춘기 때는 몇날며칠을 잠을 자기도 하였지요.
사랑하는 임과 단잠을 자고 싶지만
그는
먼 곳에서 나처럼 나를 그리워하며
단잠을 이루지 못합니다.
하지만
애써 잠을 청하여
내일 아침 내게 러브콜을 하고
사랑의 속삭임으로
나를 행복의 늪으로 빠뜨릴 것입니다.

— 회상 그리고 이 시간에

희생

저기 가는 저 할머니
굽은 허리로 유모차를 끌고 가네요.
한때는 텅 빈 유모차에 아이들이 가득했지요.
아이들의 웃음소리, 그리고
젖 달라고 보채는 아기들이 가득했지요.
할머니는
그 옛날 많은 자식들에게 젖을 먹이며
아이들을 텅 빈 유모차에 가득 앉히고 행복했다오.
이제는
자식들이 남겨놓은 텅 비고 쭈글쭈글한 할머니가 되어
자식들이 떠난 텅 빈 유모차를 끌고 갑니다.
덜덜덜
낡은 텅 빈 유모차에 기대어
한숨 남은 유모차에 기대어
한숨 남은 할머니의 육신
이제는 그저
목숨만 겨우 남았지요.

— 늙으신 시어머니를 보며

꽃상여

내 님 내 곁을 떠나신 후 꿈을 꾸었지요.
그대들은
가신님의 주검을 어깨에 메고
슬피 울며 산을 지나고 숲을 지나
가시는 님을 향한 애절함을 토해냈습니다.
"지금 가면 언제 오나. 어이야, 디야."
님 떠나신 후
이내 몸은 통곡함에
눈물이 강을 이루었습니다.

— 떠나신 님 계신 곳 어디일까?

제5장

인디오들의 그리움

황야

무지개 아름답게 비추던

나 어린 시절 자연들은

모두 어디로 갔을까?

그때는 황야에 달리던 야생마들도 있었지.

잘난 체하던 늠름한 회색늑대들도 보았지.

그리고 계곡의 아름다운 산천에

오색 아름다운 새들이 자태를 뽐내고

아름다운 노래로 지저귀었지.

이제 우리의 친구들은 사라져가고

새들의 노래도 멈추어 가네.

갈 곳 없다고 우짖으며 슬픔에 눈물 떨구네.

그대들이여,

울지 말아요.

우리는 모두 친구입니다.

외롭다고 한탄하지 말아요.

우리는 모두 함께입니다.

— 인디오들의 눈물

거리의 악사

울지 말아요, 왕자님
어쩔 수 없는 운명입니다.
세월 따라 슬픔은 가지 않고 멈추었어요.
웃고 싶어도 즐거움이 없어 한탄합니다.
그러나 우리는 잊지 말아요.
광활한 대지를 달리던
야생마들의 포효 소리와
늠름한 숲의 제왕 호랑이들의 제압하는 함성을
그들은 모두 우리였답니다.
슬프게 세상을 떠난 그들을 위해 눈물 흘려주세요.
슬픈 그들의 영혼은 천국에서
편히 쉬게 놓아두세요.

— 인디언 왕자의 눈물

슬픈 인디언

하늘을 훨훨 날아가고 싶어요.
무지개 떠나간 그곳에
그곳에는 옛사랑과 그들이 있는지요?
새의 날개를 달고 날 수 있다면
하늘 저 위로
가고픈 그곳으로 날아가고 싶어요.
사랑하는 그대가
나를 기다리는 그곳으로
날아서, 날아서 가고 싶어요.

— 슬픈 인디언을 보며

인디오들의 그리움

태양은 하늘에 붉게 타오르고
슬픔은 강처럼 흐르는데
우리는 태양을 바라보며 자연을 바라본다.
모든 것들은 슬픔에 싸여있고
얻으려 해도 얻을 수가 없네.
신이시여! 진정 저희를 버리시나이까?
다시금 숲속 계곡에 앉아
사랑의 찬가를 부를 수는 없는지요.
그리운 저희들의 어버이들은
그들의 창칼에 찢기어 세상에서 사라져가고
숲들도 찢기어 피눈물을 흘리고 있습니다.
노래하며 행복하던 새들은 어디로 떠났을까요?
죽음을 향해 날개저어 갔을까요?
부디 천국으로 부르소서.
아름답던 그 모든 뭉개진 자연들과
어버이들을 천국으로 부르소서.
사랑하는 연인은 이제 한낱 꿈속의 환상일 뿐
저희의 흐르는 피눈물을 위로하여주소서.

― 슬픈 인디언을 보며

슬픈 늑대의 울부짖음의 의미

신께서는 날보고 아름다운 연가를 불러보라 하네.
이 젊음의 불태우는 듯 뜨거운
심장의 연가를 불러보라 하네.
나는 연가를 부르지.
행복의 연가, 슬픔의 연가, 절절한 고독의 연가.
그리고 콘돌은 날아 가버리고
슬픈 늑대의 울부짖음은 이별을 고하네.
잡고 싶지만 잡을 수 없는 슬픈 내 아비는
자식들에게 슬픈 연가를 불러주셨지.
아들들아 세상은 모두 너희 것이다.
아비는 연가를 불렀다네.
세상의 이야기도 해주었지.
슬픈 늑대의 울부짖음의 의미를 잊지 말라고.

— 삶의 의미를 생각하며

회의함을 위하여

부귀영화를 찾아 떠났던 그대들이여
이제 먼 시간들을 돌아 방랑자가 되어 돌아왔네.
망상을 자극하던 아름다운 꽃들이 만발해있다던 그 곳.
매혹적이었지만
그들이라는 족속에 무너져
방랑자가 되어
슬픔을 안고 있는 그대들
그대들은 젊음과 희망을 잃은 슬픔보다
더욱 슬픈 사랑과 연인과 다정한 친구들
그리고
어버이를 잃고
절절한 고독에 빠져
애절한 연가를 부르네.
슬픈 그대들이여.

— 슬픈 방랑자들을 생각하며

옛날 옛적 이야기

그 옛날, 아주 먼 옛날
그대들은 우리와 한 민족이었어요.
그리고 그대들은
아름다운 꿈을 꾸며
푸른 바다를 건너
아름다운 천국의 대지를 보았지요.
그리고 꿈꾸었지요. 아름다운 천국에 왔다고.
그대들은 신께 감사하며 춤을 추었지요.
그래요, 모든 것은 신의 축복이었습니다.
천혜의 자연들도 온갖 동물들도
그대들과 친구가 되었지요.
산천초목은 바뀌었을지라도
노래하던 새들도 떠나갔을지라도
그대들의 잘난 척하던
은빛늑대들도 울부짖으며 사라졌지만
회오리는 울부짖으며 날아다니지만...

— 축복받은 천혜의 땅 아메리카를 생각하며

살인의 추억

살인을 하였지요.
쏟아져 내리는 눈부신 햇빛에 유혹되어
아름다운 깊고 푸른 바다 한가운데서
그 사내는 살인을 하였습니다.
사내는 바다를 보았습니다.
바다는 깊고 푸른빛으로 그를 유혹하고
여름날의 태양은 뜨겁게 작열하고 있었습니다.
사내는 바다를 보았습니다.
깊고 푸른 바다는 그에게 너무도 아름다웠고
하늘의 태양은 뜨겁게 작열하였습니다.
사내는 생각했습니다.
'나는 저 뜨거운 태양보다 뜨겁고
저 푸른 바다보다 더 아름답다.'
사내는 깊고 푸른 바다 한가운데서 살인을 하고
왠지 모를 신비한 베일에 싸여 살인을 만끽하였습니다.
사내는 가만히 홀로 있는 배 위에 조용히 누웠습니다.
그리고 조용히 그렇게 깊고 푸른 바다와
여름날의 작열하는 뜨거운 태양에 유혹되어
황홀한 살인을 하였습니다.
그의 죽음을 바라본 깊고 푸른 바다는

사내가 누워있는 작은 배를

조용히 깊고 푸른 바다 속으로 끌고 들어갔습니다.

뜨거운 태양이 작열하는

한여름의 깊고 푸른 바다 한가운데서.

— 살인의 유혹

제6장

고독한 이의 연가

허무한 인생

후회하면 무엇 하나
인생이란
한낱 흩어져버리는 먼지와 같은 것을
슬픔도 사랑도 끝나버리고
언젠가는 먼지 되어 찾을 수 없는 것을...
즐거움 뒤에는 슬픔이 있는 것이고
인생은 즐거워도
가슴 깊이 슬픔이 있어
휘청거리는 갈대와 같은 것을...
그러다 주검을 맞이하여
쓸쓸히 홀로 떠나는 인생인 것을
지난 삶을 뒤돌아보면 아픔만 보이고
즐거움은 천국에나 있을지...

— 주위에 주검을 맞이하는 이들을 생각하며

유혹의 묘미

그것은 미쳐버린 처녀의 사랑이었지요
펄럭이는 한량의 매혹적인 미소에 빠져버렸대요
그리고 처녀는
날아서 그의 머리에 나비처럼 앉아
그를 보며 사랑에 빠져
그와 함께 사랑의 도피를 하고
세상을 잊고 사랑만 생각했대요
어느 날 처녀와 한량은
인생을 깨닫고 서로를 보았대요
그리고 자신들이 늙음을 알고 말았어요
그들은 자신이, 그리고 서로가 늙음을 애달파하며
자신들의 사랑을 지키다
너무도 시간들이 괴로워 죽음의 길을 택하였지요
슬픈 사랑들을 모두 마음속 깊이 간직하고
함께 새처럼 날아서
날아서 천국으로 갔지요.
슬픈 사랑의 연가를 애달프게 부르며...

— 어느 슬픈 연인들의 죽음을 생각하며

아름다운 사람들이 머문 자리

도시의
회색빛은 아름답습니다.
바쁜 도시인들의
긴 한숨이 깃들어 아름답습니다.
그 옛날 골목길은 아니지만
건물들 사이로
좁은 길목에서 웅성대는
사람들의 소리들이 많이
머물러 아름답습니다.
도시의 회색빛은 아름답습니다.
사랑하는 이들의
한 잔 술이 있어 아름답습니다.

— 번잡한 명동의 오후에

묘지에 누운 참전님들께

그대들은
산을 이루고
거친 바다의 파도를 이룹니다.

님들이시여!
부디 행복하고 아름다우소서.
세상은 그대들의 것
세상은
아름다운 그대들이 있었기에
더욱 아름답습니다.

모든 것은 숲이고 숨소리입니다.
그 누가 그대들을 아름답지 않다고 하리.
그대들이시여!
설레는 마음으로 천국에 계시소서.

우리는 그대들에게 허리 숙여 말합니다.
'고맙습니다.'라고.

— 국립묘지에 누우신 참전님들께 바치는 시

지난 시절의 꿈

철없던 시절에는 멋들어졌지.
아름다운 비단옷을 걸치고 활보하며 으쓱도 해보았지.
하지만
이제 많은 시간들이 흘러
아름다운 무지개는 길을 건너가 사라져버리고
우리들은 하늘에 떠있는 흰 구름을 보며
허무함의 이유를 배우고 느끼지.
이제 지난 시간들은 가버리고
우리들은 억지웃음을 지으며
슬픈 서로를 바라보며 한숨을 토해내지만
사랑마저 향기로움만 남기고 사라져 가버리고
연기 같은 삶속에서 눈물의 의미를 배웠지.
그래 내일은
힘차고 새로운 삶을 생각하며.

— 부질없는 젊은이들을 생각하며

그리운 그 시절

그 시절에는 밤하늘의 별빛들이 찬란하였지요.
그러나 지금 이 시간은
밤하늘의 별들이
세상의 먼지에 가려져
찬란한 별들이 보이지 않아요.
우수의 가을에
낙엽들은 바람결이 모두 가져가고
쓸쓸함만 남았지요.
길가의 사랑스런 꽃들도
강물은 소담한 나룻배와
노 젓는 뱃사공이 떠나간 자리에
고요만이 맴돌고
뱃사공의 흥얼거리는 노래는 아직 남았을지라도
흩어져 떠나간 친구들도 사라지고
우리는 춤을 추어요.
흘러간 시간들의 매정함에
눈물 흘리며 흐느적거리는
인생이 너무 서글퍼서요.

— 한가한 시간의 생각

인생의 굴레 1

그래요
인생은 모두가 같은 것은 아니지요
하지만
행복한 자들의 가슴에도 품어야하는
슬픈 한의 덩어리가 있고
너무도 스산한 시간에 흘리는
슬픈 눈물이 있습니다
그 어느 곳에선가
나와 마주치거든
부디 미소 짓지 마세요
애달픈 신의 눈물이 우울한 비가 되어 내릴 겁니다
그 누구와 사랑을 하게 되거든
아름다운 사랑을 외면하지 마세요
그대들의 슬픈 눈물이 연인을 외면하여도
연인의 하얀 무릎에 입 맞추고
그대의 괴로웠던 슬픈 한이 담긴 눈물
연인을 위하여 흘리세요
그대들의 슬픔은 내가 알고 있습니다.

— 그대들과 나의 슬픈 굴레

인생의 굴레 2

저기 가는 그대 나를 보세요.

그대는 작은 나귀를 타고 어디를 가시는지요?

슬픈 삶일지라도 떠나지 말고

나의 슬픈 연가에 귀 기울여주세요.

인생은 다 그런 거

떠나시면 돌아오실 날을 누가 알 수 있을까요?

저 구름을 타고 날아서 누구를 찾아 가시는지요?

나는 목마는 멈추었지만 슬프다고 울지 마세요.

우리는 어차피 인생의 나그네.

어디서 와서 어디로 가는지 그 누구도 모르지만

삶은 그런대로 살 만하지 않은지요?

슬플 때는 술독에 빠져 시를 읊고

인생 서러우면 깊은 산중에 올라

서리 덮인 숲을 보세요.

삶은 결코 헛될 수 없는 것이

신께서 내리신 의미이지요.

외로우면 외쳐보세요.

그리우니 돌아오라고.

그리고

그 동안 흘린 그대의 눈물의 의미를 헤아려보세요.

가슴 저리게 아픔도 서러움도
가슴 깊이 묻고 돌아오라고 외쳐보세요.
인생은 모두 그런 것이지요.

— 홀로 인생을 허심탄회하게 생각하며

주검의 진실

세상에 고통이 없으면 주검도 없답니다.
하지만 우리는 지옥으로 갈지라도
싸우고 고통의 비명을 지르며
돌아서 눈물 흘리지요.
인생의 굴레에서 싸우고 승리해도
돌아서 눈물 흘리며 후회하지요.
승리자가 되어도 패배자가 되어도 질투의 신은
우리를 회오리 속에 가두고 즐기며
비명을 지르며 눈물을 흘리고
슬픔의 여신은 슬픔을 즐기기 위하여
우리를 슬픔에 밀어 넣고 슬픔의 거문고를 튕기지요.
그리고 슬퍼하기 위하여 야유를 하며 연가를 부르고
지친 우리를 보며 검은 먼지를 날리며 저주를 뿌리지요.
"사랑하지 마, 제발! 아휴 싫어."하며
우리 연인들의 사랑과 평화를 너무 싫어하지.
연인들은 아름다운 사랑을 슬퍼하며
가슴 아파 눈물 흘리며
영원한 사랑하기를 기도하지요.

— 인간의 한계

고독한 이의 연가

그대는 그렇게 떠나고 세월만 가라지요.

그대 떠난 이 땅은 황량하고 슬프기만 하지요.

보름달 같은 이 몸은

가신님이 보아주지 아니하여 시드나이다.

험한 세상에서 이제 이리 홀로 늙으며 시름을 잦나이다.

그대 가시던 날

뒷산 뻐꾸기는 진달래가 아름답다고 울었지요.

뻐꾸기가 울면 어디론가 함께 가자던 그대

홀로 먼 길을 가셨습니다.

당신의 사랑에 빠진 나를 바라보며

아리땁다고 눈부셔하시던 그대,

이제 험한 세월 속에

허리는 휘고 머리에는 흰 서리가 내렸나이다.

어허라, 어허라, 궂은 세상

어허라, 어허라, 금지옥엽 아들놈이 나를 외면하네.

어허라, 어허라, 며느리가 나를 박대하네.

구슬픈 이 세상 이 곳에 이제 누가 있어 내가 남으리오.

한여름에도 춥기만 하오.

— 세월이 흐르는 자리에

인생사

어찌 오신님이시여,
왜 그리 마음 불편하시어 가슴아파하며 울고 계시오.
세상 다 그런 거.

님이 지내오신 험난한 길 돌아보니 눈물 나요.
눈물 그만 멈추시오.
하늘을 보시오.
하늘은 넓고 푸르니 마음이 푸르러지지 않으시오?
내 이 희고 고운 손으로 그대 눈물 닦아주리오.
내 무릎 베고 누워 명상이라도 해보시겠소?
이내 몸 님의 눈물 닦아 고운 항아리에 담아
두고두고 볼 것이오.
님의 눈물은 나의 아픔이오.

내 마음 아프게 하시는 님 밉고 야속하오.
나는 어찌하리오.
이내 몸 님의 얼굴 뵈오나 이내 몸 모르시는 님
이내 몸 어찌하리오.

님의 손잡고 어디라도 가시려오.

님의 사랑은 오직 나요.
부디 다른 인연 찾지 말고
이내 몸 찾아오시면 좋으련만
님이시여, 언제 이내 몸 찾아올 것이오?
내 가슴에 고운 눈물샘 만드신 님이시여.

— 세월의 강은 흐르라지요

시간의 흐름

새들은 지저귀고 꽃은 피는데
시간은 흘러서 꽃은 지고
새들은 여전히 지저귀지만
이제 슬프게 들리네요.
잡고 싶은 세월이고
세월의 강이 흐르지 말기를
붙잡으려 해도 세월은 흘러만 갑니다.
그 누가 세월을 잡을 수 있을까.
이내 몸도 언젠가는 강물처럼
젊음이 흐르고 백발이 되겠지요.
부귀영화를 누려도 복록을 마음껏 누려도
얼굴에 세월의 강이 지나며 파놓은 흔적이 생기고
언젠가는 주검의 길을 가게 되겠지요.
연륜이 쌓이면서 지난날의 연인이 그리워지고
그 시절로 돌아가고 싶지만
어쩔 수 없는 세월은 나 몰라라 하네요.
이제 그리움 속에 묻혀 버려둔 나의 젊음
그래도 소중히 잡고 싶은 하나
그때는 나도 아름다웠노라고
그리고 새들의 노래 소리가

영원히 즐겁게 들리기를 바라며
싱그러운 숲을 마냥 바라봅니다.

— 세월의 강을 한탄하며

머나 먼 길 님 계시는 곳

꽃상여 타고 가시던 나의 님 어디로 가셨소?
나 이제 그대 곁에 갈까하여 먼저 가신 님 부르나이다.
이제 힘없는 늙은 이 몸
갈 곳이 그대 계신 곳뿐인가 하오.
젊은 나를 두고 그대 가시던 날
나의 눈물은 강을 이루었나이다.
부디 천국으로 잘 가셨나이까?
이내 몸 그대 주검 되어 누우신 꽃상여 좇아가며
이 몸의 슬픔은 깊은 고랑을 이루었나이다.
길가에는 겨울 이겨낸 풀들이 제법 돋고
황소가 커다란 눈을 껌뻑이며
이 몸을 슬피 보았소.
이제 그것도 먼 지난 일
이 몸 이제 님 계신 곳을 찾으려하오.
어느새 아주 긴 세월의 강을 흘려보냈나이다.

— 세월의 강

제7장

처절한
외로움의 이유

처절한 외로움의 이유

달리자
쏟아지는 빗속을 달리자
처절하게 외로워도 빗속을 달리자
나의 운명을 생각하며 달리자
내리는 빗속에서 외로움 안고 달리자
그리운 그대 생각하며 달리고 또 달리자
그리고 빗속에서 눈물이 흘러도
그리고 빗속에서 외치자
너무도 외롭다고
그래서 빗속에서 울부짖고 있다고 외치자
사랑하는 그대
기다리며 사랑한다고 외치자

— 고독을 사랑하는 시간에

어느 노신사의 눈물

어느 날 나는
어느 길모퉁이에서
초로의 한 노신사가 눈물 펑펑 흘리며
흰 손수건으로 눈물 훔치며
남이 볼까
고개 돌리고 있는 모습을 보았습니다
노신사는
참으로 귀한 모습을 하고 계셨지만
그날은 너무도 참았던 슬픔이 참지 못하게
그 길모퉁이에서 폭발하여
눈물을 주체하지 못하고 계셨습니다
나는 느리게 걸으며
그 노신사에게 위로의 눈빛을 진실로 보냈지요
우리는 불쌍한 존재입니다
진실하고 정의롭게 살아왔다면...

— 삶의 한 모퉁이에서

젊음의 소나타

이성은 인간이 동물과 다른 이유지요
인간은 이성이 없으면
너무 감정에 휘말려
어떤 짓을 할지 감당할 수 없기 때문이에요
그렇게 하나님은 우리를 빚으셨지요
그래도 우리는
이성을 잃고 광란하며 방황하기도 하고
사랑에 있어서는
더욱 심한 광란으로 님만을 향해
심장이 폭발하고 영혼은 질주하며 달려요
괴로움에 빠져
스스로 빠져나오지 못하고 울부짖으며 외칩니다
사랑한다고, 미치도록 사랑한다고
연인들은 괴로워 술에 탐닉하고 헤매는 연인들
슬픈 사랑의 젊음
나의 젊음을 그 누가 볼까봐
나는 몰래 숨어 둘만 아는 사랑을 하고픈 것을
슬픔의 소나기나 내리라지요.

— 청춘은 아름다운 것

슬픈 늑대들의 울음의 의미

그대들은
슬픈 늑대들 세상의 귀퉁이에서 울부짖지 마세요.
인생은 그리 슬픈 것만은 아니지요.
부디 저 먼 구름 드리워진 산마루에서
허심탄회한 마음으로 하늘을 보세요.
하늘은 그 많은 시간을 푸르기만 한 것은 아니지만
먹구름은 아름다운 비로
메마른 대지를 적셔 푸른 숲을 이룹니다 .
부디 그 어느 곳에서 만나도 알 수 없는 그대들의 모습
세삼 서럽다고 한탄하지 마세요.
하늘의 태양은 누구에게나 빛나는 것은 아니지만
우리 함께 태양을 향해 달려요
그 누군가 짓밟거든 서럽다고 울지 마세요.
항상 푸른 하늘에
작열하는 태양이 있다는 것을 잊지 마세요.
나의 이 슬픈 눈물은
너무도 안타까운 그대들이 슬퍼서입니다.

— 고독한 시간에

저 먼 하늘에 떠도는 나그네

누가 까만 밤하늘의 우울한 달빛을 타고 떠나간
나그네의 길을 알고 있을까요?
슬픈 나그네는
밤하늘의 우울한 달빛을 타고 은하수 찾아 떠나갔대요.
그리고 은하수에서 길을 잃고 울고 있지요.
나그네는 어디로 가야 길이 있을지
방랑의 별에게 물었지만
대답 없는 허무함만 떠안고 슬프대요.
별빛들은 아름답게 빛나지만
나그네는 은하수에 슬픈 눈물만 보내고
나그네의 슬픔의 눈물이
떠나간 은하수를 찾아
슬픈 사연의 시를 눈물로 떨구고
구슬같은 비를 내리고 길을 떠나갔대요.

— 슬픈 방랑자를 생각하며

쓸쓸한 날에는

나는 왜 이리 쓸쓸하게 살고 있을까요?
앞을 봐도 뒤를 봐도 숲이고 싶은데
숲은 모두 사라지고
강도 냇물도 계곡도 모두 사라졌어요.
어린 시절 뛰놀던 들녘의 꽃들은 모두 사라졌어요.
어딜 보아도 친구는 없고
나를 응원하던 친구들도 모두
회색의 빌딩 뒤로 숨어버렸어요.
그래서 쓸쓸하고 슬픈 나날들이예요.

— 고독한 날에

초혼

한 많은 이 세상 떠나는 님아
이 몸 두고 혼자 가시니 눈물이 나네.
그러면 그렇지, 그렇고말고.
한 오백 년 사자는데 웬 성화요.

웬 성화요.
한 오백 년 사자던 약속 잊고서 가시는 그대
오래도록 함께하자던 약속 어이 잊으셨나이까?
님이 이쁘다 하시던 제 두 눈에 흐르는 눈물
아시는지 모르시는지
무정하게 가시는 그대
지나간 날들처럼 사셔서
님의 눈빛으로
아리따운 나를 보아주소서.
너무도 그리운 내 님이시여.

— 이제는 돌아올 수 없는 그대

사랑의 거리

그대와 나의 길목에

그대와 나의 사랑은 꽃을 피우지만

봄이 지나며 불어오는 실바람에

꽃잎들은 아름답게 거리에 쌓이지요.

이 꽃길을 그대 어깨에 기대어 걷고 싶지만

그대가 내 곁에 없어 쓸쓸합니다.

그대는 외로이 꽃핀 가로수 길을 창밖으로 바라보며

그대의 아름다운 두 눈에 눈물이 흐르겠지요.

그대와 나의 눈물은

하늘의 천사들이 투명한 유리항아리에 담아

빗속을 거니는 우리의 머리 위로

비로 내려줄 겁니다.

우리의 운명은 무엇일까요?

그대와 나의 미래는 베일에 싸여 알 수 없습니다.

그대의 따뜻한 손길로

내 뺨에 흐르는 눈물을 닦아주세요.

나의 사랑하는 그대.

— 봄꽃 피는 가로수 길

그리움 2

그대 나 떠난 후 행복하신지요.
나는 그대 그리워 우울한 마음으로
나날을 보내고 있습니다.
그대가 보내준 사랑의 연가는
나의 마음이
그대를 더욱 그립게 합니다.
그대와 함께 나누던 사랑의 대화는
이제 나의 추억 속 깊이 묻혀버렸습니다.
사랑하지만 이제 나의 곁에서 멀어진 그대
그래도 아직 그대가 나에게
돌아올 것 같은 나의 희미한 희망은 왜일까요?

― 그리운 그대

이제 추억이 되어버린 그대

그대가 나를 떠난 지 벌써 수많은 시간들이 지났습니다.

그대는 너무도 냉정하여

나의 그대를 향한 자신감이 시들어가게 하셨습니다.

지금도 내게는 알 수 없는 그대

그대의 거만한 모습이 그립습니다.

그대도 나를 바라보고 있지만

다가오지 않는 그대의 냉랭하고 차가운 모습

그대를 냉정하게 뿌리쳤던 나의 이기심이

아직도 내겐 여전하지만

일렁이는 파도처럼 커다랗게

나의 마음속을 뒤덮는 그대에 대한 나의 사랑

그대, 나에 대한 그리움에 방황하고 있지는 않으신지요?

사랑합니다.

— 미련

제8장

베르테르의
짝사랑

슬픈 그녀의 사랑

그녀는 사랑에 빠져버렸지요
미치도록 아름다운
그의 모습과 아름다운 연가에 빠져
정신없이 사랑을 향해 질주했습니다
그리고 그를 보며
너무도 애달픈
그의 모습과 아름다운 연가에 미쳐
그를 향해 사랑한다고 외쳤지요
그리고 그의 곁으로 가지 못했습니다
너무도 아름답고 신비한
그가 어지러운 세상에 빠질까봐
그리고
세상의 허접한 더러움이 묻을까봐
아무도 모르게 숨어서 눈물 떨구었대요
미치도록 사랑한다고
소리 없이 외치며 눈물 흘렸대요.

— 그녀의 짝사랑을 애달파하며

사랑의 속삭임

슬픈 그대 울지 말아요.

당신의 연가는 아름다워요.

그리고

아름다운 음률로 비파를 연주하세요.

당신의 한과

사랑이 담긴 절절한 슬픔을 잊지 마세요.

연인은 떠나갔어요.

애달픈 연가를 부르고

비파를 아름다운 선율로 연주하면

연인이 숲속에 숨어 당신에게 속삭일까요?

울지 말고

숲속에 지저귀는 새들의 노래에 귀 기울여보세요.

새들의 노래 소리와

바람이 숲에 스치는 소리는

너무도 아름답습니다.

부디, 잊지 말고

나의 애달픈 사랑의 속삭임에도 귀 기울여주세요.

— 바람에 스치는 숲의 속삭임을 들으며

야생마 같은 삶

나를 아는 그대들이여
갈기를 휘날리며 달리는
광활한 황야를 달리는 야생마들을 보세요
너무도 괴로운
죽고 싶은 서러움을 생각해보세요
서러워
너무도 서러워 죽고픈 그대들을 생각하며
슬픈 인생의 배에 기대어 노 저어가며
그대들의 슬픔을 헤아리세요
눈물 떨어진 술잔을 마셔보지 않은 어떤 이들은
진실한 인생과 사랑을 알 수 없지요
진실한 사랑으로
술통에 몸을 담글지라도
슬픔을 외면하지 마세요
슬픔 속에서
가슴 저미는 목마름을 기억하세요.

— 야생마 같은 나의 여심

고독함에 야생마가 되어버린

어느 한 많은 야생마들이 나보고 사랑한대요.
하지만 나는 그들의 모습을 몰라요.
그들은 세상의 밑바닥에서 한을 저미는
고독한 방랑의 인생들이었지요.
나는 그들의 슬픔에 눈물 흘렸습니다.
그들의 슬픈 인생에 한이 서렸지요.
그들은 나에게
슬픈 자신들이 걸어온 험난한 인생을 들려주었지요.
너무도 비참한 그들의 운명에
걸머진 멍에 힘겨워서 쓰러질 것 같대요.
나는 그들에게 말했지요.
운명은 어쩔 수 없이 받아들이는 것이라고.
그들은 울부짖고 있었어요.
괴로움에 마음이 갈기갈기 찢겨서
피를 토하고 죽고 싶대요.
그들은 피눈물을 흘리며
자신들의 괴로운 인생을 나에게 외쳤어요.
하지만 나는 어쩔 수 없었지요.

— 거절당한 사랑

사랑하기에

잠을 자도
꿈속에서도
길에서 질주해도
생각나는 그대,
그대는 왜 나에게
사랑한다고 말하지 않나요?
나는 기다리고 있습니다.
그대가 너무 그리워
꿈속에서 그대를 봅니다.
꿈 속 안개에 휩싸여
눈물지으며 나를 지켜보는 그대
그대의 모습은
언덕 너머 들녘의 아지랑이처럼 사라지고
나를 오라고 손짓하는 그대
그렇게 나는
그대의 꿈을 꾸었습니다.
꿈속에라도 보고픈 그대.

— 그대 꿈속에라도 오소서

나의 방황의 이유

그래요 방황했지요.
그대를 너무 사랑했기 때문에
그대가 그리워서 방황했습니다.
내게 다가오지 않는 그대
나는 너무도 몸서리쳐지게
가슴 시리고 아팠지요.

그대를 기다리지만
그대는 묵묵히 지켜볼 뿐 다가오지 않으시고
슬픔에 빠지기만 하시고 고독을 탐닉했지요.

나는 그대를 기다리고
그대는 숨어서 나를 지켜봤지요.
그대가 멀리 가버렸을 때
나는 매일을 아무도 모르게 숨어서 울었지요.

눈물에 젖은 나의 두 뺨을
그대가 다가와 어루만져 주기를 기다리지만
그대는 그저
애달픈 그대의 슬픔에 빠지고 싶을 뿐이었지요.

지금도 나는 그대를 생각하며

그대를 그리워하며 눈물이 흐르고

그대의 가슴이 아픈 것처럼

나의 가슴이 너무 아픕니다.

우리는 얼마나 더 지켜보아야 하는지요?

사랑하는 나의 그대.

— 기다려야 하는 시간에

슬픈 사랑

사랑이 슬프다고 울지 말아요.
사랑은 어차피 슬픔 속에 피는 꽃이지요.
눈물 속에서 피는 꽃을 보지 말아요.
너무도 슬픔이 커져서
아름다운 꽃이 질까 두렵습니다.
눈부신 그대 하늘에서 내려온 별처럼
반짝이는 추억 속을 더듬지 말아요.
흘러가버린 사랑은 강물과 같아서 돌아오지 않아요.
그저 흐르는 사랑 따라 강물처럼 흐르면
사랑을 잡을 수 있을까요?
그대 슬픈 나의 눈물의 의미를 알아주세요.
청춘은 뜨거운 혈기지만 사랑도 뜨거운 혈기랍니다.
내 곁을 그대가 떠나가면
나는 슬픔의 바다에 빠질 겁니다.
그대 나의 사랑을 받아주세요.
사랑합니다, 당신의 모든 것을 사랑해요.
부디 나를 떠나지 마세요.
너무도 사랑하는 그대.

— 이별 없는 사랑

그리운 님

가신 님 그리워
나 어찌 살아야 할지 붙잡을 수 없는 내 님
애달픈 내 마음 아시는지 모르시는지
떠나시는 무정하신 님, 무정한 내 님은
왜 그리 일찍 가셔야하는지 알 수 없으니
하늘이 원망스럽소.
나를 사랑한다고 나를 위로하시던 님
나의 손을 잡고 산을 오르고
폭풍우 몰아칠 때 나를 달래어주시던 님
어디로 가셨나이까?
다시금 나를 보며 밝게 웃어주소서.
그리운 나의 님, 이 몸 사랑하신 보고픈 님
꿈속에라도 보고 싶건만 냉정한 님은 무정도 하십니다.
그대와 함께 천국의 길을 걷고 싶었지만
님을 따라갈 수 없는 이 몸
아직 할 일이 많아 갈 수가 없으니 한스럽습니다.
먼 훗날 이 몸 늙어 세상 하직하면
님 계신 천국으로 가리이다.

— 가신 님 그리운 시간에

베르테르의 짝사랑

베르테르는 짝사랑을 했다네.
이루어질 수 없는 한 가정의 아낙네였지.
하지만 베르테르는 거침없이 일어나는
자신의 심연 속에서 홀로 고통스러워했지.
그리고 누구도 모르게 자신만 아는 사랑을 하였다네.
너무도 열렬한 첫사랑이었지만
고백 못하고 괴로워하며 남몰래 울부짖었지.
'로테, 사랑해, 사랑해.
당신에게 고백하고 싶지만 나는 왜 못하는 것일까?'
베르테르는 그렇게
일기장을 짝사랑의 시로 가득 메웠다네.
그녀의 모습을 남몰래 엿보며 괴로움에 몸부림쳤어.
그리고 자신을 가득 채우고 있는
혼자만 아는 짝사랑을 주체할 수 없어
짝사랑의 괴로움을 잊으려고 자살을 하였다네.
슬픈 그대, 베르테르.
나 그대를 사랑합니다, 사랑해요, 열렬히.
사랑의 화신 베르테르.

— 베르테르가 진실로 사랑한 여인

그리움 3

나도 내가 이렇게 될 줄 몰랐지

나는 그냥 일직선의 삶으로 곧장 갔고

늙어 죽을 때까지 그렇게 되리라고 생각했어

하지만 나도 모르게

그렇게 갑자기 사랑이 다가왔고

그는 오랫동안 나를 지켜보아왔던 것처럼 느껴졌지

그리고 내게 엄습해온 외로움과 눈물

끝없이 너무도 절절하게 나는 그를 사랑하고

그도 나를 결코 떠나지 않겠노라 내게 다짐했지

그리고 마침 내가 흐트러져버렸다고

나는 사랑을 멀리하려 했지만

그가 나를 떠난다는 생각은 내게는 너무 괴로워

결국 나를 그에게로 밀착했지

내가 그를 사랑해 흘린 눈물을 그도 알겠지만...

그는 내게 쉽게 다가왔지만

그래도 슬픈 내 사랑, 내 마음, 나의 이성은

자꾸만 멀리 하자고 하지만

내 마음이 놓질 않아 미칠 듯 그리운 그대.

— 사랑하는 그대

슬픈 나그네

슬픈 나의 나그네, 그대 나를 사랑함에도
나 역시 그대를 사랑했음에도
서로 사랑할 수 없는 그대.
'그녀를 사랑해봐, 그녀를 사랑해봐.'
'안돼요.'
나는 그대를 사랑하기에
비록 우리의 사랑은 이루지 못하였지만
먼 훗날 다음 생에는
우리의 사랑이 이루어지기를 신께 기도해요.
슬픈 나의 나그네, 그대와 나
서로 그리워도 만날 수 없음을 슬퍼하지 마세요.
우리의 사랑은 이루어질 수 없는 불행한 사랑입니다.
신은 우리의 사랑을 허락하지 않은 체
그대와 나의 아름다운 사랑으로
찬란한 보석을 빚어 타고
그대와 내가 알 수 없는 미지의
저 멀고 먼 곳으로 날아갔어요.
그대와 나는 어떻게 이러한 숙명일까요?
너무도 슬프고 애절한 나의 마음은
그대를 향한 연가를 부르지만

괴로운 슬픔으로 목이 멥니다.

그대, 미치도록 그립고 보고픈 그대 사랑합니다.

사랑합니다.

— 도둑맞은 사랑

알고 싶은 그대의 마음

나를 너무도 사랑한다고 속삭이던 그대
나만을 사랑했지요?
그러나 갑자기 나를 떠나버린 그대
그렇게 쉽게 나를 떠날 만큼
그대에게 나는 아무런 존재도 아니었는지요?
사랑한다고 속삭이던 그 모든 것은 거짓이었는지요?
하지만 그대를 믿는 나는 왜 이러는지요?

— 깊은 밤 그대를 그리며

잊힌 사랑

잊힌 사랑이 있지요.
님을 열렬히 사랑했지만
님은 흐르는 시간 따라 다급히 가버리고
님의 마음속에서 사랑은 깊숙이 감춰지지요.
사랑하는 님의 마음속에서
모든 인생 속 굴레에서
마음이 아프고 그리움에 괴로워하지만
그 어디에서도 그 님을 찾을 수가 없지요.
외로운 사람들은 사랑을 잃고
눈물의 허송세월을 보내지만
사랑은 님의 마음속에
깊이 감추어져 있지요.

— 그래도 감추고 싶은 사랑

제9장

신들의
유희

우리가 슬픈 이유

신께서는 도망갔대요.

사랑에 미쳐

우리를 내팽개쳐놓고

미쳐버린 사랑 때문에 바쁘대요.

그러니 우리 모두 웃으며 행복해해요.

사랑에 빠진 신께

사랑의 찬가를 불러주세요.

아름답고 눈부신 신께 향그런 꽃잎을 흩날려주세요.

아름답고 눈부신 어여쁜 신께 사랑을 축복해요.

신께서 우리를 다시금 돌아보실 때

우리는 뜨거운 눈물로 우리의 고뇌를 전해주어요.

그리고

아름다우신 사랑에 빠지신 신비한 신께

우리의 한 맺힌 삶을 들려주세요.

신께서는 꽃잎 흩날리는 아름다운 옷을 입고

우리를 보듬으며 슬픔의 눈물을 흘릴 겁니다.

— 아름다운 신들의 사랑을 생각하며

흑기사의 의미

그대 눈물 어린 얼굴로 나를 보아요.

그대는 나의 흑기사

나를 너무도

나를 사랑하시는 흑기사

나를 사랑하시는 님이십니다.

일곱 빛깔 무지개를 타고

우리 함께

슬픔이 없는 강을 건너요.

몰아치는 비바람이 없는

판타지아로 길을 떠나요.

마지막 목마를 타고 떠난 연인은

슬픔의 강에 빠져 어디론가 가버렸대요.

이젠 슬픔에 빠진 자는 그대와 나뿐이라고 해버릴래요.

슬픔도 때로는 눈물 되어 그대를 부르고

신께서 계신 낙원으로 우리 떠나요.

그대 고향산천의 모든 것을 깊이 사랑하세요.

슬픔은 멈추지 않을지라도

무지개는 그대와 나를 기다릴 거예요

— 판타지아로

신들의 유희

큐피드는 나를 위하여 사랑의 연가를 부르며
사랑의 눈물을 흘려보래.
나는 장난기 많은 큐피드에 속아
잘못 찾은 사랑의 묘약을 먹었지.
사랑의 폭풍을 몰고 다니는 폭풍 속 여신은
나를 조롱하며 시를 읊고
나는 여신의 심장에 활을 쏘았지.
그대와 나, 서로를 껴안고 울고 있을 때
나의 활을 심장에 맞은 여신은
나의 사랑의 도둑질을 모르고
자신의 피로 향유를 만들어 자신의 머리에 부어
애통함의 연가를 불렀지.
그래도 시간은 흐르고
그대와 나는 여신의 폭풍우 속에서
열정적인 사랑을 퍼부으며 울었어.
여신의 아름다운 연가를 들으며
그대와 나는 서로 함께 있음에 서로를 위로하고
그러나 그대와 내가 두려워하는 것은 이별이지.

— 이별이 두려운 시간

마음 시린 사랑

흰 눈이 오면 슬프대요.

발이 시리고 손이 시려도

님 기다리는 몸 마음은 더욱 시리대요.

눈이 시려 눈물조차 말라버린 그 임을

떠난 임을 사랑한다고 자신에게 외치며

돌아올 기약 없는 임을 기다리며

온 몸이 시리도록 찬바람 맞으며

푸른 바다 저 먼 수평선만 바라보다

얼어버린 몸이 괴로워

돌아오지 않은 님 외쳐 부르며

슬픔의 피눈물을 흘리다 쓰러져

시린 바람 부는 그 곳에서

님 기다리는 망부석이 되었대요.

슬픈 망부석은 살을 에는 찬바람이 불어

바위가 되어버린 마음이 시려도

님 부르며, 슬프게 님의 이름 부르며 울고 있대요.

길 가는 나그네여, 그 길 지나가거들랑

망부석 되어버린 그녀에게 눈물 흘려주오.

— 슬픈 망부석

에덴의 꿈

여보시요들 어딜 다녀오시오?
혹시 그 곳
아름드리 꽃들이 피어있는 곳에 다녀가시거든
그 곳 아름다운 왕자님들께 나의 소식 전해주오.
슬펐지만 슬픔보다 기쁨이 더욱 많았다고.
이 곳의 나는 행복하고 잘 있다고 전해주오.
지금도
아름다운 갖가지 꽃들이 만발한지 내게 들려주세요.
너무도 아름다운 작은 섬 그 곳은
나를 아직도 기억하고 있는지 물어봐주시오.
너무도 아름다운 추억의 그 곳, 작은 섬
아직도 긴 머리를 나부끼는 왕자님들과
아름다웠던 지난날의 추억에 빠져있는
할매도 안녕하신지 알고 싶습니다.
부디 그곳에 가시거든
나의 이야기를 그리운 그들에게 들려주시겠습니까?

— 에덴동산의 꿈

석상의 추억 1

그냥 그렇게 되어서 일어설 수가 없대요.
두 다리가 잘려서 차라리 슬픈 석상이 되었대요.
사랑하는 연인이 아름다운 밤하늘의 별에 홀려
별나라의 어디론가 떠나 가버리고
세상은 너무도 절박한 사랑에 대한 절망감으로
그들은 비바람에 젖고 눈물이 바다를 이루고
그들은 아름다운 별들에 빼앗긴
연인들에 대한 그리움으로
아름답던 두 눈은 움푹 팬 호수가 되어버리고
연인들이 앉아 노닐던 두 다리를 잃어
차라리
아무것도 할 수 없는 석상이 되어
님 떠난 하늘만 바라보며
아직도 너무도 그리운 님
눈물로 울부짖으며
소리 없는 허공만 떨고 있대요.

— 이스터 섬의 추억

은하수 아이들

사랑하는 그대, 나의 님프.
어두운 밤하늘에서 은하수의 아이들이
별빛을 타고 내려옵니다.
신비로운 반짝이는 은하수를 타고
밤거리로 내려와 동트는 새벽 날이 밝을 때까지
소년들은 춤을 추고 은하수 연가를 부르며
서로 어우러져 신바람이 난무하지요.
해맑은 소년들은 우리의 밤 시간이 즐겁대요.
모두가 잠든 밤에
가만히 몰래 은하수를 몰고 내려왔대요.
해맑은 은하수 소년들은 너무 신비했지요.
갖가지 색들의 머릿결과 해맑은 하얀 얼굴
색색으로 빛나는 영특한 눈빛
이 땅에서 밤새 놀고 다시 은하수를 타고 올라간대요.
아름다운 신비의 슬픈 연가를 부르며
동이 트면 다시 신비한 바람은 사라지고
아름다운 환상 같은 소년 소녀들은
나를 사랑한대요.

— 슬픈 이들의 눈물이 은하수 되어

석상의 추억 2

슬픈 새들은 날아 가버리고
밤하늘의 슬픈 별이 되었지.

모두가 세월 따라 가버리고
새들은 여윈 대지에서
차라리 별이 되고파 밤하늘로 떠나가고,
바다는 슬프고
떠나간 새들이 그리워 파도도 몸부림쳤어.

별이 좋아 날아 가버린 새들은
밤하늘의 별이 되어
밤마다 눈물을 뿌리고,
모두가 사라진 대지는
추억의 그들을 그리워하며
슬픈 연가를 불렀지.

대지는 모두가 그리웠지.
떠나지 말라고 모두를 붙잡았지만
모두가 끝나버린 대지 위로는
그 누구와도

대지와의 이별을 슬픔으로 달랠 수밖에 없었지.

사랑하면서 구할 수 없었던 가슴앓이는
피를 토하고
사랑의 피로 물든 대지는
어쩔 수 없는 이별의 운명임을 괴로워하며
떠나는 모든 이들을 슬퍼하며
죽음을 택하고 싶었지만
다시 올 수도 있기에
모든 시간을 기다리며
하늘만 바라보고 있지.

— 이스터 섬의 슬픔

우수

그대에 대한 나의 사랑은 변함없지만
아니 나날이 더욱 사랑하지만
알 수 없는 그대의 사랑
알 수 없는 그대 그리워
빗속을 걷는 날이
하루, 이틀, 그리고 사흘,
그대는 어디서 무엇을 하고 계신지 알 수 없음에
내 마음은 수선화가 되었습니다.
지금 창밖은 거친 소나기가 빗발치고 있습니다.
하늘은 왜 그대와 나 사이를 멀어지게 하시는지
원망스럽습니다.
그대 나를 사랑함에 어여쁘다고 어루만져 주시던
나의 뺨은 아직도
그대의 손길에서 느껴지던 사랑과 따스함이
내 몸의 모든 곳에 스며들어있습니다.
사랑하는 그대, 내게 돌아오소서.
부디, 다른 여인을 그대의 마음에 담지 마소서.
그대 그립습니다.

— 가버린 사랑

우리의 삶 속

기적은 있어요
기적이 있기에 희망이 있는 것이지요
우리는 항상 기적을 기다리고 희망을 품습니다
행복은 우리에게 옵니다
신께서 우리를 일으켜주시지요
하지만
인간은 욕심으로 인해 자신을 짓밟습니다
하지만
또 일어서고
때로는 후회도 하고
다시 시작해보려고
노력도 하지요.

— 어느 소녀의 질문

금지된 장난

어려서 보았던
영화 『금지된 장난』의 음률을 듣습니다

그 영화는
죽음의 의미를 모르는
남녀 어린 아이 둘이
길거리의 나뭇가지들과 작은 돌들을 가지고
작은 무덤을 만들어
작은 공동묘지를 만들며 즐기는
남녀 어린 아이들 두 명이 주인공인 영화였지요
우리는 죽음을 두려워하지만
아이들은 죽음을 모르기에
즐겁게
작은 공동묘지를 만들며
심각한 대화도 나누는
우울하고 삶을 알고 싶어 하는
나의 어린 시절 추억 속 영화였지요.

— 나의 어린 시절을 추억하며

환상의
사랑

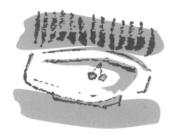

환상 1

그곳의 밤이면
달의 연인들이 달빛을 타고 유유히 내려와
밤의 향락을 누리는 너무도 신비한 곳이었지.
달의 연인들은 서로 사랑을 맘껏 누리며
밤하늘의 신비로운 달빛에서
아름다운 음악이 달 연인들과 함께
밤의 무지개를 연주하며 사랑을 하였지.
다들 잠든 밤, 그 시간은 달의 신비로운 축제가 가득해.
나는 무아지경의 눈물로 그 모든 것을 바라보며 울었지.
너무도 아름다워서, 너무도 신비로워서.
그 모든 것에 취해 마음이 떨리고
나의 두 눈은 황홀경에 환각처럼 빛났어.
그렇게 잠깐의 시간이 지나고
달의 연인들은 아름다운 연가를 부르며
신비로운 달빛을 타고 아름다운 장막으로 그곳을 감추고
붉은 달로 떠나갔어.
나는 너무도 슬프고 괴로워.
신비롭고 아름다운 달의 연인들이 그리워.

— 나의 환상의 시간에

환상 2

그곳은 아름다운 꽃들이 만발한 벌판이었지.
아름다운 밤꽃들이 만발한 꽃밭에
휘황찬란한 달빛이 비추며
달 여자의 속삭임이 달에서 들려왔지.
"얘야, 꽃밭에서 희락을 즐겨보렴!"

하지만
나는 숲에 숨어 달을 훔쳐보았지.
달 여자는 아름다운 달빛을 타고
꽃이 만발한 벌판으로 내려와
신비롭고 멋진 달의 신과 꽃밭에서 사랑 놀음을 하고.

너무도 신비한 달 여자와 달의 신의
사랑 놀음을 훔쳐보며 황홀함에 빠졌지.
너무도 신비하고 아름다운 둥근 달 사랑의 밤이었지.
아름다운 한적한 밤에 신들은 여전히 이곳으로 내려와
환상적인 환희를 만끽하는 것을 보았지.

— 붉고 둥근 달을 바라보는 나의 환상의 시간에

환상의 사랑 1

그대는 아름다운 꽃동산의 왕자요
나는 그대를 바라보는 야누스입니다
그대는 백만 가지 꽃이 피어있는 동산에서
눈물 흘리며 야누스를 사랑하지요
그대 눈물을 거두고 아름답게 펼쳐진 벌판을 보세요.
저리도 아름다운 꽃들이 그대를 찬양합니다.
멋진 나의 그대
나에게로 달려오세요.
나는 푸른 태양 빛을 타고 앉아
그대를 바라보고 있습니다.
그대에게 나의 푸른 태양빛을 비추며
당신의 사랑을 부르는 아름다운 연가에 입 맞추고
사랑하는 그대를 기다리렵니다.

— 신비한 푸른 밤에

아, 사랑은 가고 허무함만 남았어요.

달콤한 여름날의 사랑고백에 빠져

신기루의 꿈을 꾸었지요.

그는 검은 도포자락을 아름답게 휘날리며

마치 달빛타고 내려온 달의 신처럼 귓가에

달콤한 속삭임으로 사랑을 고백하였습니다.

그러나 그는

내 마음에 사랑의 파도가 너울처럼 철석일 때

달빛타고 올라가며 여린 피리로 아름다운 연주를 하고

신기루처럼 사라져버렸습니다.

나는 그가 사라진 푸르른 조각달을 바라보며

그리움의 눈물이 나의 슬픈 마음에서 흘러나와

향그런 뺨으로 흘러내렸습니다.

그대 검은 도포자락을 휘날리며

이별의 음률을 아름답게 남긴 나의 사랑, 나의 연인.

나는 검은 밤빛의 옷을 입고 허망하고

검은 밤의 대기에 쓰러져 절규의 연가를 부릅니다.

큐피드는 눈물에 젖은 뺨 위로 긴 혀로 야유를 날리고...

제10장 환상의 사랑

죽음의 신은 나에게 아름답다고 구애하고
나는 죽음의 신의 차가운 하얀 손을 뿌리쳤지.
나에게 사랑을 얻지 못한 창백한 죽음의 신은
울부짖으며 검은 바람을 일으키고
검은 바람의 회오리 속으로 사라지고.
나는 꽃바람이 되어 죽음의 신의 바람 속에서
너무도 괴로웠어.
죽음의 신의 눈물이 검은 소나기가 되어
나에게로 쏟아지고,
나는 어쩔 수 없는 나의 운명을 보았을 때
그대가 그곳에 있었지.
그는 나를 위해 피리를 불며 춤을 추었지.
나는 그의 신비한 피리 소리에 빠졌고,
성난 창백한 죽음의 신은
하늘에서 천둥과 번개를 일으키며
번개를 타고 하늘로 솟구쳐 올라가고,
그는 죽음의 신에게 야유를 하였지.
어두운 밤이었지.

제10장 환상의 사랑

환상 5

거친 야생마는 숲을 달리고
나는 검은 야생마 등에 타고 함께 달렸지.

나의 동공은 멈추어 버린 듯 허공을 헤매고
사랑의 의미를 낚았지.
마치 하늘을 차지한 개선장군처럼
나의 마음은 하늘을 달리고
육신은 슬픈 멍에 찌들지라도 달렸지.

날리는 푸르른 바람은
나의 날리는 머릿결을 어루만지고
숲은 나를 희롱했지.
그리고 하늘에서 울려 퍼지는
아름다운 음악 소리를 들었지.

"얘야 이리 오너라, 불쌍한 너."
너무도 아름다운 하늘은 나에게
하얗고 아름다운 두 팔을 내밀며 나를 유혹하고
슬픈 악사는 천혜의 음악으로 나를 잡으며 속삭였지.

"가지 마, 사랑해."
하지만 나는 아름다운 천상을 날고 싶었지.
저 먼 하늘로 훨훨 날아가면
그 곳에서 나를 기다리겠다고
슬픈 악사는 내 귀에 다시 속삭였지.
나는 검은 야생마를 타고
천상을 향해 날며 눈물 떨구었지.
슬픈 야생마들의 질주를 보았기에.

— 나의 어느 날의 환상

그대는 하얗게 빛나는 옷자락을 펄럭이며

왕자님처럼 내게 오셨습니다.

꽃비가 내게 쏟아지듯 날리던 날

나는 꿈을 꾸듯

그대가 펄럭이는 하얗게 빛나는 옷자락을 보았지요.

그대는 환상에 빠진 나에게

나의 아름다운 모습이 슬퍼 보여

사막을 건너 달려왔대요.

그대는 나에게

감미로운 속삭임으로 사랑을 속삭였습니다.

환상의 나는 환상의 그대와

함께 두 손을 잡고 춤을 추며 사랑을 속삭였습니다.

고요하고 평온한 꿈을 꾸듯

그대와 나는 꿈을 꾸듯 사랑을 속삭이며

쏟아지듯 날리는 꽃비 속에서 춤을 추었습니다.

사랑하는 그대.

아름다운 미지의 연인이여 나에게로 오세요.

그대가 기다리는 불새는 이제

붉은 구슬을 타고 떠나갔어요.

돌아오지 않을 거라는 말을 남기고

붉은 폭염을 뿌리며 사라졌지요.

항상 세월은 진실을 남기고 불새처럼 사라지지요.

그대가 사랑을 잃고 바닷가 저 편에서

눈물의 사랑의 연가를 아름답게 부르면

불새가 떠났던 하늘 저 편에서

태양을 타고 왕자님이 오실 거예요.

슬픈 나날들 태양의 왕자님이

그대와 함께 눈물 흘리며 그대를 부르면

태양을 몰고 저 먼 미지의 세계로 떠나세요.

미지의 아름다운 세상이 그대 앞에 펼쳐지거든

그 태양 아름다운 신비한 꽃들이 피어있는

궁전의 문에 입 맞추고

왕자님 태양궁전의 요정이라도 되소서.

제10장 환상의 사랑

환상 6

나를 도와주세요.
폭풍우가 나를 쫓아오고 있어요.
숨고 싶어도 너무 슬픈 몸이라 숨을 곳도 없어요.
나는 그 날 밤길을 헤매었지.
그리고 어느 곳에 당도했을 때
그곳은 또 어디일까?
하얀 석고상들이 즐비해있었지.

밤의 석고상들은 나를 보며 손짓했어.
'이리 와요, 밤의 요정.'
나는 하얀 석고상들의 신비함과 속삭임에
하얀 석고상들을 바라보며 침묵했지.
'이리 와요, 내 사랑.'
나의 침묵에 석고상들은 나의 귓가에 속삭였어.
'아모르'

그리고 밤의 암흑 속에서 하얀 석고상들은
자신들의 자태가 아름답다며 창백함을 흔들었어.
그리고 나의 흰 모습을
자신들보다 희지 않다고 야유했지.

'너의 피부를 깎아봐, 속은 하얗게 빛날 수도 있지.'
나는 석고상들의 하얀 모습에 홀리며
석고상이 되고 싶었어.

'그대들은 왜 그 곳에 서있는 거지?'
나는 석고상들의 모독에 빠져 물었지만
석고상들은 묵묵히 한 곳만 바라보며 침묵하고
나는 갑자기 두려운 어두움을 피하기 위해
그곳으로부터 헤어나려 몸부림쳤지.

— 하얀 석고상들의 유혹